硬笔书法艺术教程

张学鹏　主编

南海出版公司

2003·海口

主编　张学鹏

编者（以姓氏笔画为序）

王惠松	齐玉新	许晓俊	朱勇方	吴一桥
李正伦	江　鸟	张学鹏	陈卫疆	秋　子
倪俊冬	崔学路	寇学臣	彭洪顺	蔚陆军

序 言

书法，最初是从写字发展而来的。它既具实用性，又具艺术性。在生活节奏不断加快的今天，硬笔以其实用性和便捷性取代毛笔而成为人们使用得最多的工具。但是毛笔书法的魅力始终吸引着人们，并逐渐影响硬笔字的书写，最终促成了一门新的艺术——硬笔书法的诞生。所以现在毛笔书法和硬笔书法共同构筑了书法艺术的大厦，在人们的学习、工作和生活中发挥着各自的作用。

随着社会的发展，硬笔书法潮也从当初简单的“热”逐渐走向深刻。硬笔书法爱好者这支队伍的成分也发生了一些变化，更多的硬笔书法爱好者的目光已经越过实用阶段，投向神圣的艺术殿堂。现在市场上的硬笔书法字帖以实用为主，而为已经有一定基础、想提高艺术水准的读者编写的书很少。本书的出版目的就是要弥补这方面的不足。本书的作者都是在全国硬笔书法比赛中获得过特等奖的高手，其中包括第五、六、七、八届中国钢笔书法大赛的特等奖获得者。他们是活跃在当今硬笔书坛上的中坚力量，各自出版过多本硬笔书法字帖，发表过很多作品、文章，堪称硬笔书法界的领军人物，他们的艺术取向、创作理念对今后硬笔书法的发展将产生重要影响。本书从基本技法入手，逐步讲解艺术理论，以实例讲解如何提高艺术水准。每种书体都附有不可不临的古代碑帖和本书作者们精心创作的不同风格、不同格式的作品，使读者不但能学到不同的艺术风格，而且可以从各种风格中进行分析对比，进而形成属于自己的艺术风格。

需要说明的是，本书的作者们为本书提供了大量的优秀书法作品，但限于版面，只能选用十之一二，剩下的大部分不得不忍痛割爱。实在是一件憾事。

以此为序，并对提供作品的各位硬笔书法家，表示由衷的感谢。

张学鹏

2002.12

目　录

第一章

书法艺术基础知识

硬笔书法就是用硬质书写工具书写汉字的书法艺术。从实用的角度讲，字是人的第二面容，一笔好字，不仅能准确地传递信息，而且能给人以美的享受。从艺术的角度讲，硬笔书法是一门不折不扣的艺术，沉浸其中，你会获得无穷无尽的艺术享受。

第一节　硬笔书法的工具

一、笔

常用的硬笔主要有钢笔、圆珠笔。挑选钢笔时要挑选笔尖的铱粒浑圆、左右对称并紧贴在一起的，以保证下水流利，不划纸。另外，还要注意挑笔尖弹性较大的，这样才容易写出粗细变化。笔杆的重量、长度、粗细也要合适。蘸水笔、弯头钢笔能写出粗细变化很大、字形也比较大的字，也适于进行艺术创作。杭州的许晓俊先生制作的瑞宝斋系列钢笔、蘸水笔书写流利，不划纸，粗细变化丰富，非常好用。圆珠笔可分为两类。一类是我们常用的蓝颜色油的，一类是近年才出现的笔芯中灌装水性颜料的。后者色彩丰富，写出的字像钢笔字，又不像钢笔那样易洇，所以更受欢迎。用圆珠笔写字圆润流畅。如果在书写纸下边垫点软纸，并控制好用力大小，就可以写出富于粗细变化的笔画。圆珠笔写出的笔画圆润秀丽，别具一格。

除了钢笔和圆珠笔以外，竹笔、木笔、羽管笔等也属于硬笔，竹笔、木笔蘸墨写出的字线条浓淡、润燥变化大，具有强烈的艺术感染力。

二、墨水

用钢笔练字最好用碳素墨水，因为它色泽鲜明，能长久保存。而且白纸黑字对比强烈，视觉效果好。

三、纸

平时练字的纸，只要不洇不脆就行。创作作品可以用好一点的纸，如复印纸、铜版纸。宣纸、彩纸、纸板也都可以用于创作。

第二节　书写姿势

书写姿势正确与否，不仅影响身体健康，而且直接影响书写效果。所以我们要注意书写姿势。

一、坐姿

坐姿要求头正、身直、胸舒、臂开、臀稳、足安。头正、身直是说头和上身都不能向左右倾斜，但可以向前倾一点。胸舒就是胸部要和桌边离开一拳左右的距离，不能趴在桌子上。臂开就是胳膊肘要往外撑，不能紧贴躯干，以便灵活运笔。臀稳就是坐得要稳，不能只坐椅子边儿。足安就是两脚要放稳，不要缠叠或伸得太靠前。整个身体要自然协调，不能紧张。

二、执笔姿势

把笔杆斜靠在虎口上，用中指第一关节的侧面托住笔杆，用食指的指肚从右上向左下按笔杆。用大拇指的指肚从左上向右下捏笔杆。无名指紧贴住中指，起辅助作用。小指和掌根贴住纸面，起支撑作用。常见的错误主要有两种，一种是握笔时大拇指压住食指，一种是食指伸得靠前。这两种方法都会导致运笔不灵活。正确的姿势是大拇指、食指和中指谁也不压谁，接触笔杆的位置在同一高度。食指的指尖和笔尖的距离在两三厘米左右，写小字时可靠下些，写大字时可靠上些，只要手指不挡住视线就可以。笔杆和纸面的夹角在45到60度之间。握笔时要指实掌虚，即中指、无名指、小指的指尖不能挨住手心，这样才能灵活运笔。握笔松紧要适度，既要握得牢，又要不吃力。最后要注意，手、手腕和前臂必须成一条直线，不能出弯儿。

第三节　运笔方法及原则

一、运笔方法

运笔动作主要包括顿笔、提笔、回笔。顿笔就是用力按笔尖，使笔画变粗。提笔就是用在笔尖上的力量越来越小，使笔尖逐渐离开纸面，从而使笔画由粗变细。回笔就是朝与刚才运笔方向相反(或大体相反)的方向移动笔尖。这种移动往往是幅度很小的，但必须有，不能省略。我们再谈谈起笔、行笔和收笔。起笔就是开始写。有的笔画要顿笔起笔，如楷书中的横、竖、撇。有的笔画要轻起笔，即不顿笔，如楷书中的斜点。收笔就是结束运笔。有的笔画要顿笔并回笔收笔，如楷书中的长横、藏锋竖。有的笔画则需提笔收笔，如楷书中的撇、捺。

这里我还要谈谈运指和运腕的问题。运指就是靠伸缩手指来带动笔写字。运腕就是靠手腕的摆动来带动笔写字。在楷书的六种基本笔画中，写点和竖运指即可，写横和提运腕即可，而写撇和捺则既需运指又需运腕。

二、运笔原则

运笔要遵循以下四条原则。

1. 运笔要稳。运笔过程中手不能抖，写出的笔画该直就直，该弯就弯，该长就长，该短就短。要手随心意，意到笔到。

2. 轻重得当。轻点儿写，笔画就细。重点儿写，笔画就粗。笔画有粗有细，字才好看。在运笔过程中要自如地调节用力大小，写出粗细变化明显的线条来。

3. 快慢结合。运笔稳不等于匀速运笔，而应有快有慢。写得快些，可使笔画流畅而有力度。写得慢些，可使笔画厚重安稳。运笔中要快慢结合，使笔画富于变化。

4. 过渡自然。运笔中的轻与重、快与慢之间要自然过渡，不能突然变粗或变细，也不能突然加快或放慢速度。

当然，以上这四条原则在实际运用中是紧密联系、同时适用的。

第四节　学习方法

一、察之尚精，拟之贵似

就是说观察必须仔细，临摹一定要力求准确。这就好比有人学画画，学了一辈子也不知道对虾从第几节开始弯，鸽子究竟有几根尾羽，结果画的画总也上不了档次。学书法必须先尽可能多地把别人的长处学到手，这就需要我们仔细观察，用心学习，细心比较。

二、掌握基本理论

学书法一定要掌握一定的理论，否则很难有大的长进。比如开始学习硬笔书法，起码要看懂书上讲解的技法，然后才能动笔去写。如果不看理论部分，看见例字就写，不知道作者强调的难点和要点，就很难把字写好。在从实用向艺术的转化过程中更要多读理论文章，提高艺术修养，开阔眼界。

第五节　章法常识

一、什么是章法

章法指安排整幅书法作品中字与字、行与行之间的关系，使之既富于变化，又和谐统一，显示出整体美的法则。总的说来，章法包括谋篇、幅式、正文、落款和钤印五部分。

（一）谋篇

谋篇指书写之前的谋划。首先要确定作品的内容。要根据书写目的选择合适的内容。其次是确定作品的书体。这要根据书写目的和内容来确定，以期达到内容与形式的统一。三是确定字数、字的大小，这些对作品的章法也有影响。四是确定书写位置。一般要把作品写在纸的正中，纸的上下左右都要留出一定的空白。

（二）幅式

幅式指书法作品的格式。不同的格式有不同的特点和要求。传统的书法幅式有中堂、条幅、条屏、对联、横幅、扇面、长卷等。除此之外，还有从左到右、从上到下的现代排版方式，也可用于书法创作中。

（三）正文

正文是作品的主要部分，也是章法布局的重点。在书写正文时，除了要把每个字写好外，还要注意到每个字的大小、收放、异同，处理好字距和行距，使字与字之间互相呼应，互相映衬，组成一个和谐的整体。

（四）落款

落款也叫款文，是正文之外的说明性文字，也是章法的重要组成部分。它一般包括书写内容的名称、书写者姓名、书写时间、书写地点等。书写落款时要注意以下三个方面：一是款文的位置要适当。二是落款中的字不能比正文中的字大。三是落款的字体要比正文字体出现得晚,如写楷书不宜用隶书或篆书落款,但可以用行书。

（五）钤印

钤印就是书法作品上盖章。钤印能起到活跃画面、平衡重心的作用。恰当地运用印章可得画龙点睛之妙。书法作品中的印章多以篆书刻成，分为姓名章和闲章两类。姓名章多为正方形，内容分别为姓、名、字、号。闲章一般是长方形、椭圆形、葫芦形或不规则形，其内容多为名言、警句、书斋名、地名或书写者的志向、追求等。钤印要注意以下几个方面：一是要精致。要找高水平的篆刻家治印。因为水平低劣的印章不仅不能为作品增色，反而会使作品的整体水平降低。二是大小要合适。名号章要小于或等于落款文字的大小。闲章的大小也要合适。三是位置要准确。名号章一般盖在款文的下边，和款文离开一个字以上的距离。闲章多盖在作品的右边，起平衡画面的作用。四是阴阳互补。阴文印就是印章中字的笔画是凹进去的，盖在纸上后笔画是白的，所以也叫做白文印。阳文印就是印章中字的笔画是凸出来的，盖在纸上后笔画是红的，所以也叫朱文印。一幅作品中如有两枚以上印章时，最好阴文印、阳文印交替出现。

二、常用章法

（一）条幅

这种章法属于传统格式，书写顺序一般是从上到下，从右到左。整体为长方形，落款写在左边。

（二）条屏

把内容分成几条书写，每条之间有一定距离。一般是两行为一条，四条、六条或八条组成一个整体，好像屏风一样，所以叫条屏。这种格式一般也是按照从上到下，从右到左的顺序来书写。落款写在最后一条上。

（三）斗方

其形式为正方形，长宽相等。落款写在左边。

（四）对联

幅式为长方形，书写内容为对仗工整、平仄协调的联语。普通对联上联在右，下联在左，从上到下书写，左右对齐。上款写在上联的右边，下款写在下联的左边。龙门对字数较多，分成几行书写。上联在右，书写顺序为从上到下，从右到左。下联在左，书写顺序为从上到下，从左到右。上款写在上联的左边，下款写在下联的右边。

（五）扇面

1. 折扇。上宽下窄，每行字都和折纹平行，一般是上部字多，下部字少，书写顺序多是从上到下，从右到左。

2. 团扇。即为圆形。字一般顺圆的四周自然排列，两边字少，中间字多。书写顺序为从上到下，从右到左。

（六）现代排版方式

就是从左往右，从上到下书写，开头空两个格，中间加标点符号。

三、纪年方法与月令、季节别称

1. 纪年。如果采用传统格式写作品，一般应采用阴历（农历）纪年。采用现代格式书写现代内容则应采用公历纪年。如公历2002年是农历壬午年，2003年是癸未年，2004年是甲申年，2005年是乙酉年，2006年是丙戌年，按照天干、地支依次类推。

2. 农历月份别称。在农历中月令、季节都有别称。为方便读者，下边列一个表，供您参考。

通　称	别　称					
一　月	正月	孟春	端月	早春	初春	开岁	新正
二　月	仲春	中春	杏月	丽月	花朝	花月	
三　月	季春	晚春	暮春	末春	蚕月	桃月	
四　月	孟夏	首夏	初夏	槐月	仲月	梅月	麦月
五　月	仲夏	中夏	榴月	蒲月	端阳	午月	天中
六　月	季夏	晚夏	暮夏	暑月	荷月	伏月	焦月
七　月	孟秋	初秋	新秋	兰秋	首秋	瓜时	兰月
八　月	仲秋	中秋	正秋	桂秋	桂月	爽月	壮月
九　月	季秋	晚秋	暮秋	凉秋	三秋	菊月	玄月
十　月	孟冬	初冬	上冬	开冬	良月	吉月	
十一月	仲月	中冬	仲冬	雪月	寒月	畅月	
十二月	季冬	严冬	残冬	穷冬	暮冬	腊月	暮岁

第二章 书法艺术理论

书法，是文字的书写艺术。艺术，是用形象来反映现实。世界上的文字有很多，但只有中国书法是惟一使文字书写超越实用和装饰阶段，成为独立、深刻的艺术样式的艺术。由于书法形式特殊的空间——时间性质，它在艺术之林中别具一格。是一门独特的东方艺术。

第一节　书法艺术的本质

用特定的笔墨写出特定的汉字，从而留下了特定的线条组合，同时在书写过程中又融入了书写者的思想感情，从而使欣赏者既欣赏到了书写者的书写技法，又透过作品体验到了书写者的思想感情，进而了解了书写时的历史、文化信息，这就是书法艺术的本质，也是书法艺术的生命所在。我们说书法作品是一种结果，但欣赏者欣赏到的不仅仅是这一结果，还包括产生这一结果的过程以及产生这一结果的物质和精神条件。这就是书法艺术。

第二节　书法艺术的表现形式

每一种艺术都有自己特殊的语言，比如音乐的语言是乐音的组织，舞蹈是形体动作的组合。书法艺术之美的外在表现形式是静态的书法作品，是组成作品的字，是组成字的线条。书法的形式语言就是线条的组织，线条是构成书法艺术形式的惟一手段。不同的水、墨、纸、力量、速度组合在一起，就构成了变化无穷的线条，使线条或沉着凝重，或轻灵飘逸，或刚劲不阿，或秀丽婉转，有千变万化的组合形式，能给人以无尽的想像空间。这一根根微妙的线条，使人们获得了丰富的心理体验，培养了人们对线条细微区别的分辨能力和感受能力，从而促进了书法的发展。

那么书法艺术的构成要件——线条为什么会引起人们的审美感受呢？这是因为构成书法作品的字、线条的形象性都代表了现实生活中的具体形象，或者说人们可以把字、线条的形象与大千世界中的万事万物的形象联系起来，从而获得独特的审美感受。如欣赏欧阳询的《九成宫碑》，其森严的法度、峻拔的结体，让人联想到威严的事物，所以称其“肃肃有庙堂之威”，“有正人执法，面折庭净之风”。这就是把抽象的审美对象与具体的事物联系起来，从而获得一种独特的审美感受。再比如同是笔画，有的就像“千里阵云”，有的就像“万岁枯藤”，有的像“风樯阵马”，不一而足。这是因为一方面笔画确实有与具体事物相像的因素，另一方面又搀入了欣赏者的主观感受，所以会产生千差万别的审美体会。

第三节　书法艺术的表现内容

一、客观美

书法的线条可以表现客观事物的质地美、结构美和气势美。

比如客观事物的质地有软有硬、有圆有方、有润有燥，相应地书法的线条也可以有软有硬、有圆有方、有润有燥。客观事物的结构与组成书法作品的字的结构也有相通之处。比如安排楷书的结构要像盖房子一样，首先要求重心平稳，不能倾斜。泰山给人以安稳感，一个字写得稳重厚实，也可以给人以稳如泰山的感觉。我国的悬空寺非常有名，就是因为它在险处建成，于险处求平稳。而启功先生讲结构也要求“结字如悬崖置屋牢”，可谓不谋而合。现实生活中有暴风骤雨，给人以撼人心魄的力量美，书法中的狂草虽然是静态的作品，但它也可以让欣赏者感受到疾风暴雨般的气势，一样能给人以横扫千军万马的壮烈的美感。

二、主观美

书法的语言可以表达出书写者的志向追求、人格力量和时代特征。人们常说“字为心画”、“字如其人”，意思都是说每一个独特的书写者写出的字都会表现出他本人独特的个性。比如同是楷书，身为开国公的颜真卿，作为一名朝廷重臣，刚正不阿，最后以身殉国，其书法作品笔画粗壮有力，神态端庄肃穆，看其字能让人感受到“刚正节烈之气沛乎其中”。而身为宋朝皇族却不得已屈身事敌的赵孟頫的字就秀丽流美，缺少阳刚之气。王羲之处在玄学兴盛，政治险恶的晋代，书风飘逸洒脱，与当时士大夫纵情山水、超脱尘世的社会风气不无联系。而苏轼的书法则反映了“我书意造本无法，点画信手烦推求”的时代风尚和艺术追求。所以我们在欣赏书法作品时既能欣赏到客观美，又能欣赏到主观美。而书法作品的理想境界就是客观美和主观美的和谐统一。

第二章

楷书书法艺术

楷书，也叫真书、正书，因为这种字体非常规矩，法度森严，可以做楷模，所以叫楷书。楷书笔画定型，规范易认，是正式场合中应用得最多的字体。同时，楷书又是学习其他书体的基础，所以我们要下功夫学好楷书。要想写好楷书，第一步是掌握笔画，第二步是掌握偏旁部首的写法，第三步是掌握结构，最后是写出神采与变化。

第一节 楷书笔画技法

决定笔画形状的四个要素是长度、角度、弯度和粗细。我们在学写笔画时要注意观察它是长是短，是平是竖，是直是弯，哪头儿粗哪头儿细，看准了再写。比如“人”字中的捺，从长度看比较长，至少比撇长；从角度看是倾斜的，大约是60度角，太平太竖都不行；从弯度看分为三段，第一段往右上鼓，第二段稍往左下鼓，第三段是直的；从粗细来看，是先细后粗再变细。只有掌握了以上四个方面，才能把这个笔画真正写好。

1. 斜点　从左上方向右下由轻到重顿笔，稍微向下拐弯后提笔。整体左上尖右下圆，稍向右上鼓，倾斜角度为45度。简单地说，就是把笔尖往纸上一摞，稍

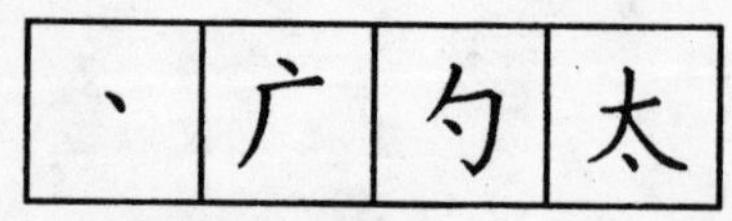

微按一下就行。这个笔画很短，别写得太大。

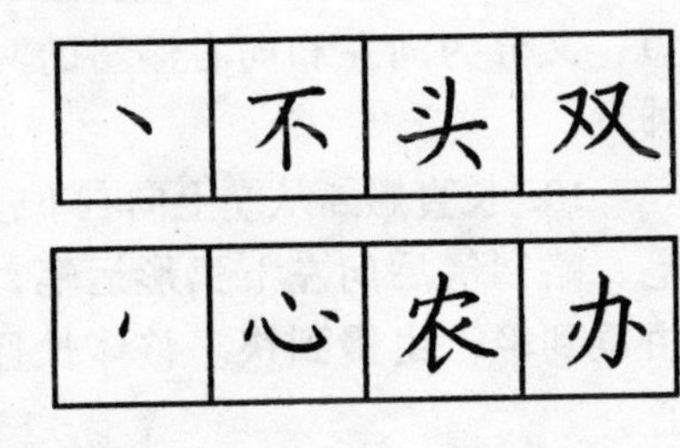

2. 长点　写法与斜点相似，只是稍长一些。有时可以代替捺，又叫反捺。

3. 左点　由右上向左下由轻到重弧形运笔，至末端后稍回笔。这种点右上尖左下圆，稍向右鼓，用在字的左边。注意不要把它误认为是提。

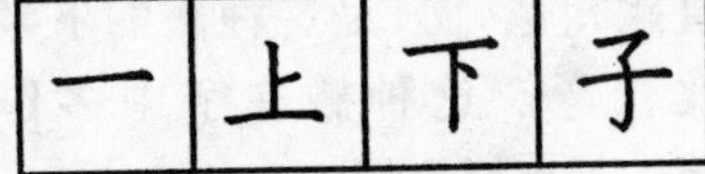

4. 长横　由左上向右下稍顿笔，略回笔后向右运笔，至右端稍提笔转向右上，再向右下顿笔，最后向左上回笔。这种横两端稍粗，中间稍细，略向上鼓，有一点儿左低右高。

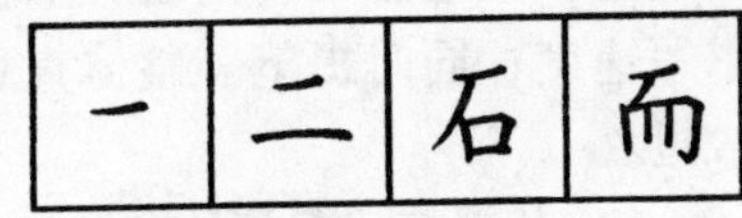

5. 左尖横　从左轻起笔，向右弧形运笔，同时逐渐加重力量，末端顿笔。整体左细右粗，稍左低右高，稍向下鼓，较短，多用于字的顶部。

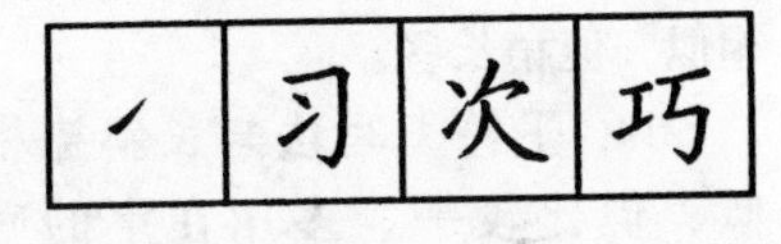

6. 提　从左上向右下顿笔，略回笔后向右上挑，同时提笔。整体左下粗右上细。这种笔画运笔速度较快。

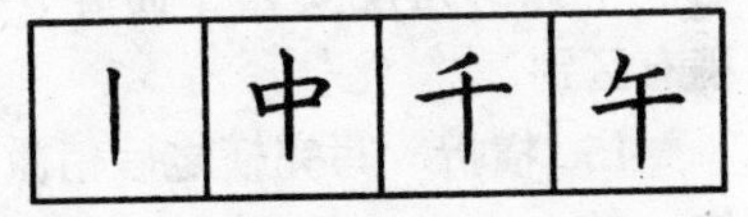

7. 出锋竖　也叫悬针竖。从左上向右下顿笔，略回笔后向正下运笔，到后边提笔并加快速度，使笔画的下端变细。整体不能弯不能斜。写这个笔画时注意到后边要甩一下，这样笔画才会有精神。

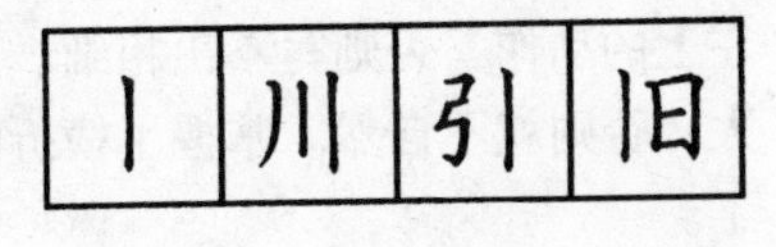

8. 藏锋竖　也叫垂露竖。与出锋竖的区别只是收笔方法不同。笔画的末端要顿笔并稍回笔。

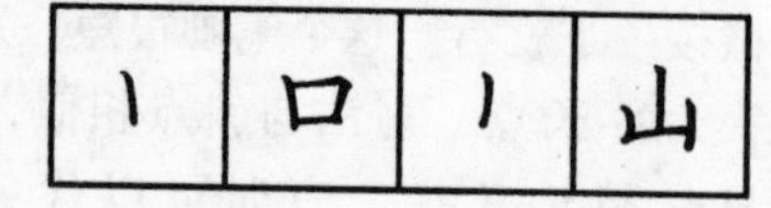

9. 斜竖　这种竖一般比较短，又分为向左和向右倾斜的两种。

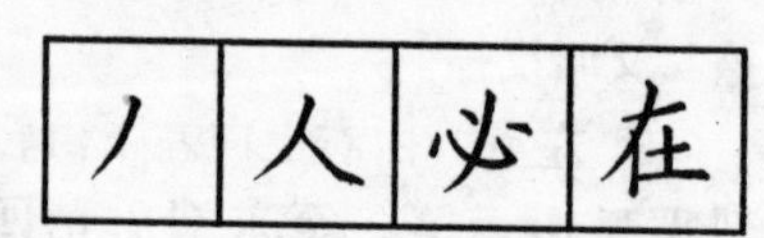

10. 长直撇　从左上向右下顿笔，略回笔后向左下弧形运笔，由重到轻，由慢到快。整体长且直。

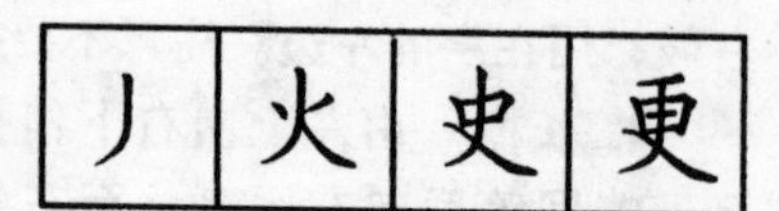

11. 长弯撇　运笔方法与长直撇相似，只是这种撇的下半段比较弯。这种撇在字中多作主笔，起支撑作用。

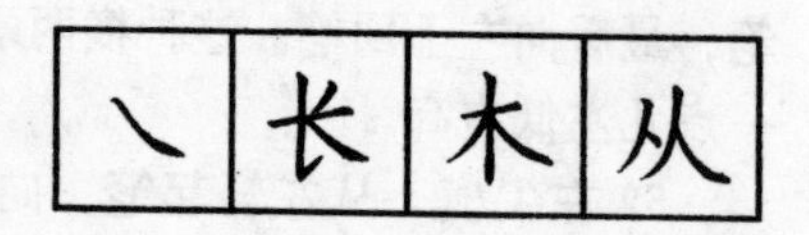

12. 短斜捺　由轻到重向右下运笔，至最粗处转向右，加快书写速度，同时提笔。整体直且较短。

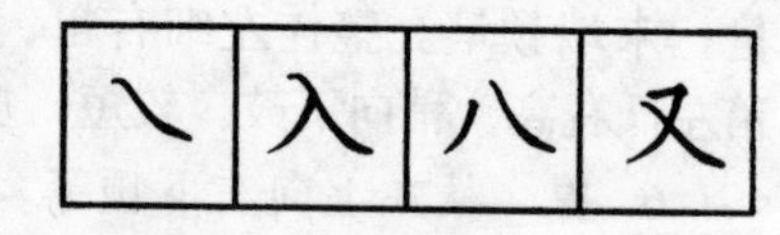

13. 长斜捺　起笔处有向右上鼓的弯儿，剩下的部分与短斜捺相似，但稍长些。

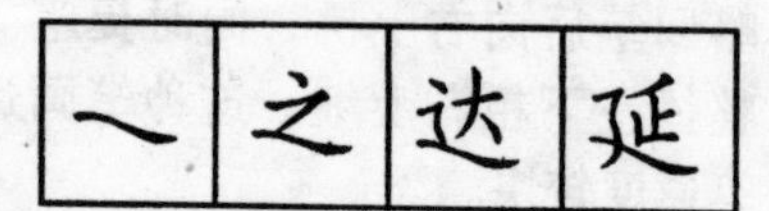

14. 平捺　写法与长斜捺相似，但比较平，多用在字的底部。平捺的角度要因字而异，可稍有区别。

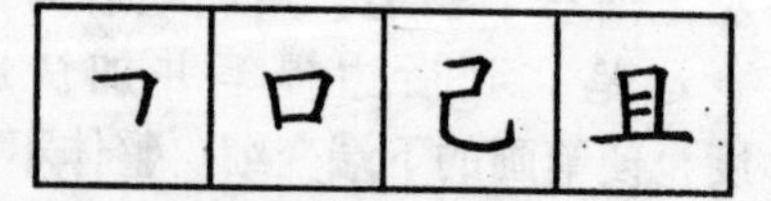

15. 横折　写完横之后稍微提笔，转向右上，再向右下直线顿笔，再稍微向左上回笔，最后连写竖。书写要点是写完横后不能直接写竖，必须有向右上、右下、左上的动作，否则写不出粗细、方圆变化，同时这些动作又不能太大，否则就不自然。掌握了横折的写法后，其他的折的写法就都会了。

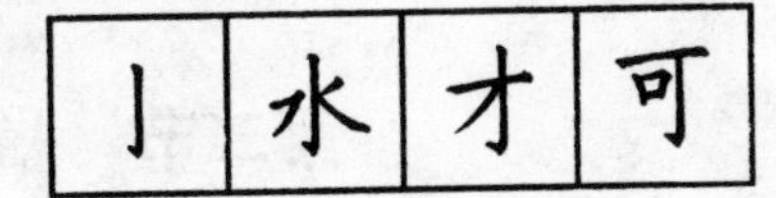

16. 竖钩　顿笔写竖，写完后稍微转向右下，再转向左下，再向右上回笔，最后向左上出钩。

手　家　猎

17. 弯钩　由轻到重向右下弧形运笔，由细到粗，再转向右下，稍微顿笔后向左上出钩。书写要点是弯钩自身一定要站稳，不能向左右倾斜，同时弯度要合适，太弯太直都不行。

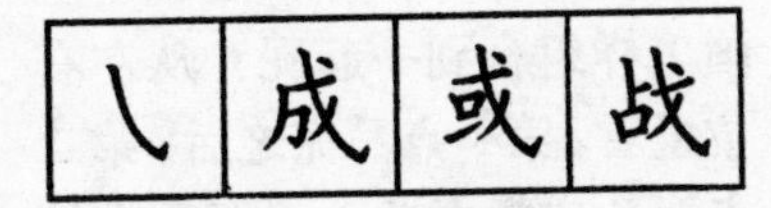

18. 斜钩　从左上向右下顿笔，稍微回笔后再向右下弧形运笔，至下端稍微回笔后向右上出钩。斜钩在字中多作主笔，要写得稍长且有弹性。注意斜钩不能写得太弯，不能向左上出钩。

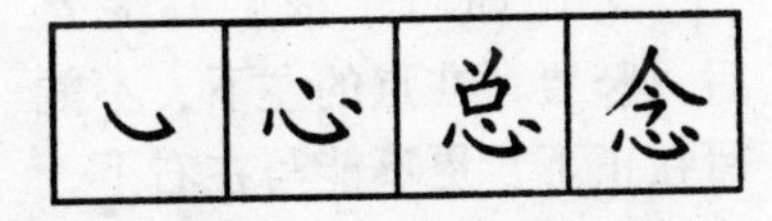

19. 卧钩　由轻到重向右下弧形运笔，到笔画的主干部分的三分之二处转向右上，稍微停顿后向左上出钩。要注意这个笔画的弯度没有变化，就是说笔画的主干部分要始终保持有点弯，又不能太弯。这个笔画不能写得太长。

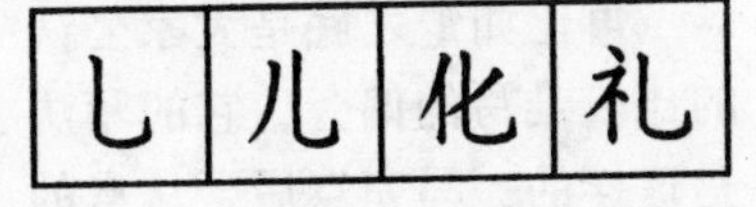

20. 竖弯钩　由竖到横和由横到钩的过渡都应该是圆转的，不能太直。钩要朝正上。

了　阳　隔　部

21. 横撇弯钩　注意它是一笔写成，在组成它的四段线条中，第一、二、四段都是直线，第三段是弯的。这个笔画上下基本对称。

第二节　楷书偏旁技法

要掌握偏旁部首的写法要注意两个方面，一是组成偏旁的各个笔画的长度、角度、弯度和粗细变化，二是掌握各个笔画的相互位置。所谓相互位置，就是每个笔画放在哪个位置，简单地讲就是看下一笔从上一笔的哪个地方开始写。比如三点水旁，由两个点和一个提组成。我们应该看到，第一个点和第二个点都是左上细右下粗的很短的斜点，提是左下粗右上细，稍长。这就是它们自身的特点。那么这三个笔画怎样组合到一起呢？从左右位置看，第一点写完之后，第二点要比它靠左些，提要写在第一点和第二点的中间；从距离看，第二点和第一点离得近些，离提稍微远一些。

正确	错误		
氵	氵	氵	氵

再比如门字框，写完点后，竖要写在点的左下，不能写在正下，更不能写在右下，横折钩从点的右下方起笔，偏上的话结构不匀，偏左的话字形局促，偏右的话字形松散。

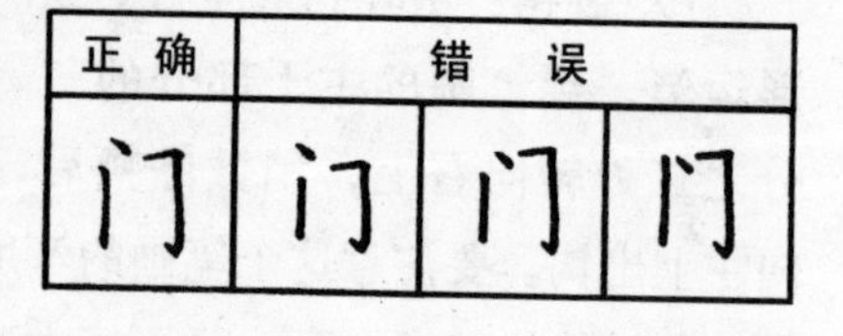

正确	错误		
门	门	门	门

再比如走之底是大家公认的比较难写的偏旁，它的写法是这样的：写完点后，从点的左下方写横折折撇，让点在横折折撇的横部的正上。横折折撇自己要站稳，不能向左右倾斜，撇部别太长。从横折折撇的横部的正下开始写平捺。只要掌握这几个要点，走之底就能写好了。

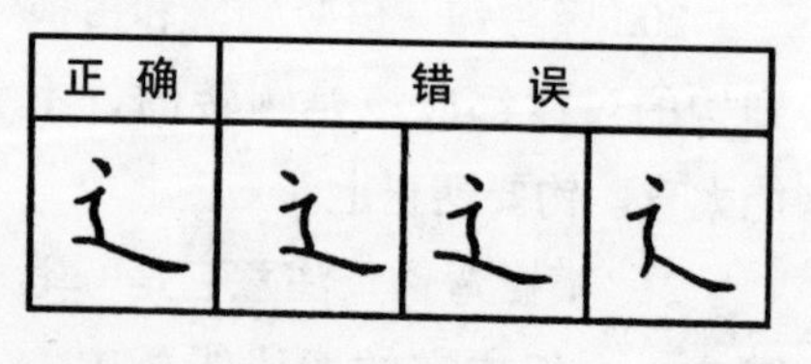

正确	错误		
辶	辶	辶	辶

再比如草字头，由一横两竖组成，我们应该看到，横是平的，两个竖分别向左右倾斜，左竖短，右竖长。横被竖分成三等份，竖被横分成上长下短的两段。只有观察到这种程度，才算真正掌握了。

正确	错误		
艹	艹	艹	艹

为节省篇幅，我们把偏旁列成表格，附上例字，供读者临写。

偏旁	例			字
厂	历	压	原	厚
刂	刘	列	别	到
人	个	今	会	合
冫	冲	次	决	冷
讠	记	识	词	话
阝	阳	阴	院	随
⺈	危	色	免	急
工	巧	巩	项	攻
扌	扩	扫	找	扬
口	叫	吃	听	喊
犭	犯	狠	独	猎
饣	饭	饮	饱	饿
氵	汉	江	汽	沟
宀	字	定	完	宁

偏旁	例			字
匚	区	巨	匹	医
亻	代	们	传	但
勹	匀	句	勿	勾
冖	写	军	罕	冠
卩	印	却	即	卸
阝	那	邻	都	部
又	对	欢	观	艰
土	地	场	均	坡
艹	节	芝	花	英
彳	行	往	很	得
夂	冬	各	务	条
门	闪	问	间	闯
忄	怀	怕	快	怪
辶	边	近	这	追

偏旁	例		字	
尸	居	层	局	屋
女	如	她	好	姓
马	驮	驶	骄	验
木	材	村	极	林
车	转	轮	轻	较
贝	购	财	败	贴
攵	收	改	故	教
爫	妥	采	受	爱
欠	次	欢	歇	歌
方	放	施	族	旅
灬	点	热	烈	照
礻	礼	社	祝	社
石	矿	码	研	硬
钅	钟	钢	钱	铁

偏旁	例		字	
弓	引	张	弹	强
纟	红	约	级	纪
王	玩	理	现	珠
歹	列	残	殊	殖
日	时	明	昨	晚
牛	牧	物	牲	特
斤	所	析	断	新
月	股	服	胜	脱
殳	段	般	毁	毅
火	炉	炸	炮	烧
户	启	房	扁	扇
心	忍	忽	怎	总
目	盼	眨	眼	睛
矢	知	矩	短	矫

第三节　楷书结构技法

结构也叫结字、间架，指汉字内部笔画与笔画之间的搭配关系。笔画写好了，还要搭配得当，整个字才好看。这就好比人的五官，每个部位都好看，还要大小合适，比例协调，位置得当，才能组成完美的整体。

一、独体字

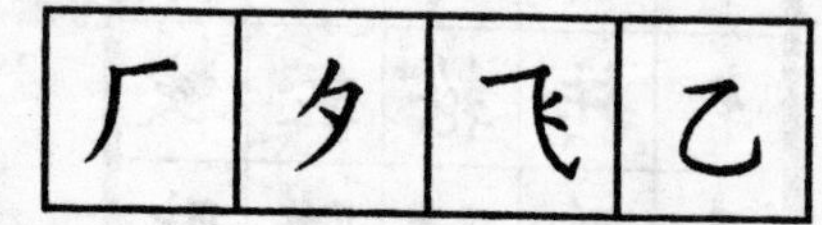

独体字笔画比较少，哪一笔写不好都会非常明显。所以我们在写独体字时要特别注意。安排独体字的结构要做到两点。一是字形饱满，以免显得单薄。二是重心稳重，不能向左右倾斜。

二、合体字

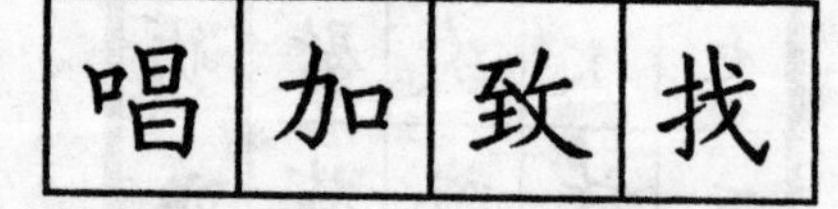

1. 左右结构　写左右结构的字时首先要注意两部分都要窄一些，以免整个字太宽。其次要注意左右两部分要互相谦让，不能拥挤、碰撞。左边朝右的笔画要收敛，右边朝左的笔画要收敛。尤其是左边的笔画变形比较大，比如捺都避为点，下边的横变成提等。

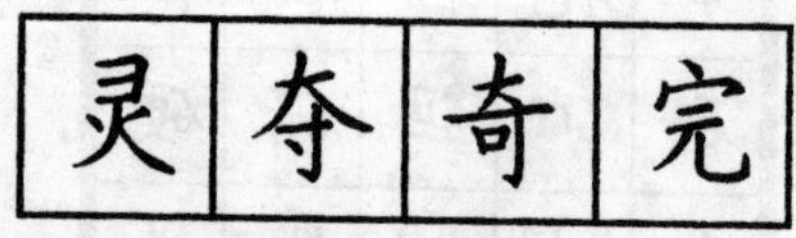

2. 上下结构　写上下结构的字时首先要做到上下两部分重心对正，对不正的话整个字就会倾斜。另外要注意各部分的高度和宽度，以使比例合适。

仰	储	班	激

3. 左中右结构　写这类字首先要让各部分窄一些，以免整个字太宽。其次各部分的宽

度、长度对比要合适，位置要准确。如“仰”字单人旁比较窄，长度适中；中间的部分比较短，位置偏上；硬耳刀旁比较长，位置偏下。

4. 上中下结构　写上中下结构的字时首先要把三部分写得扁一点，以免整个字太长。其次要注意三部分对正，不能倾斜。同时要掌握好各部分的宽度和高度对比，使各部分比例匀称。

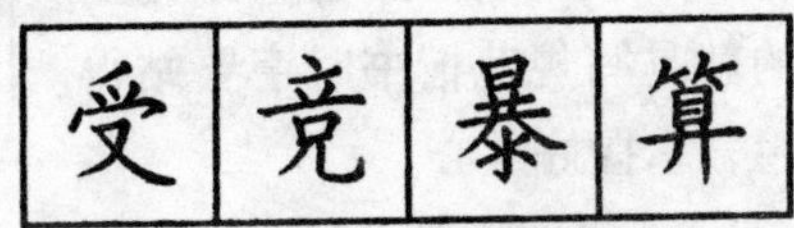

5. 半包围结构　写这类字一定注意被包围的部分要适当突破包围圈，不能都缩在里面，以免显得局促小气。如“厘”字的“里”部的右边要比广字头的右边靠右，下沿比广字头的下沿偏下，不能缩在里边。

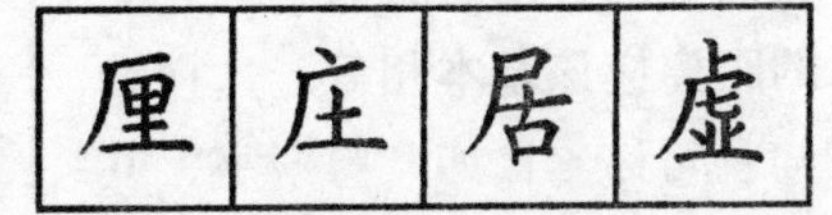

6. 侧承托结构　这类字的结构遵循这样一个原则：被承托的部分的左边和承托部分之间有一定距离，不能连上，下边也要有一点距离，最好不连上。侧承托的字又可以细分为两种，一种是带走之底和建之底的，被承托部分的上沿比字底的上沿高，一种是带支字底、走字底、是字底、折文底的字，被承托部分的上沿比字底的上沿低，书写时要注意区分。

7. 品字形结构　字的三个组成部分要稍有区别，以免显得单调雷同。同时差别不能太大，以免不协调。

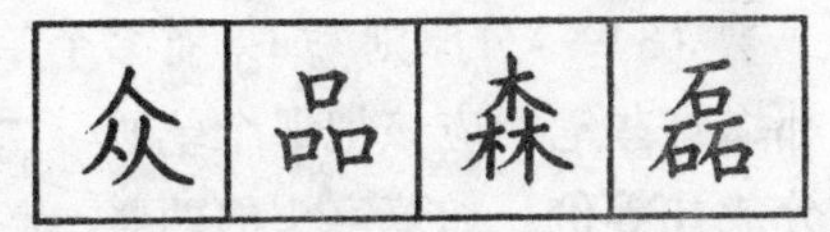

8. 倒品字形　安排这样的字的结构时一定要注意上边要紧凑而舒展，下边要稍窄些，并且和上边对正。

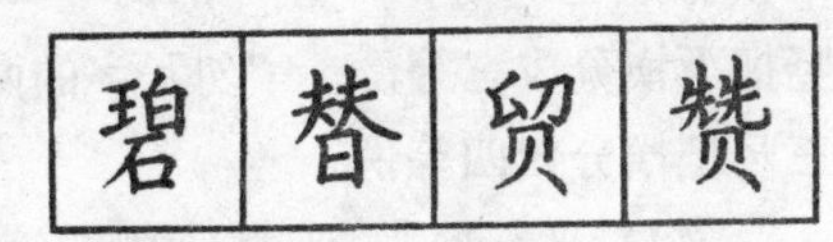

以上是按照字的自然结构讲的，下面再讲几条字的结构原则。

三、楷书结构原则

1. 稳重原则 稳重原则指的就是写规范楷书时字要站得稳，掌握好重心。

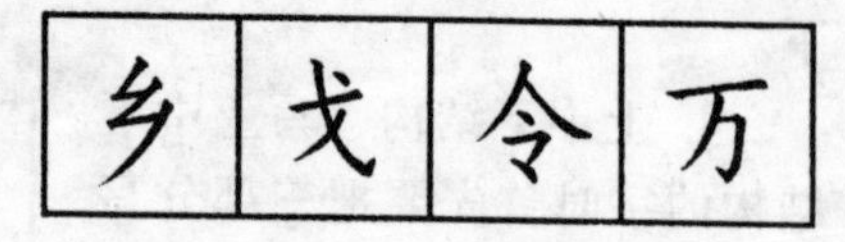

2. 匀称原则 要想把字写得匀称，可以从以下几个方面掌握：

(1)等距原则 就是说一个字中如果有三个或三个以上横向或竖向笔画，那么这些笔画之间的距离应该基本相等，这样结构就匀称。比如“与”字，共有三个横向笔画，它们之间的距离要相等才好，否则结构就不匀称。再比如“互”字，四个横部的距离也应该是相等的。而“川”、“则”等字中的竖向笔画之间的距离应该是相等的。

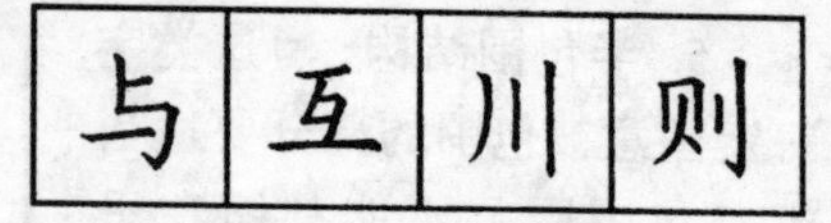

(2) 中点原则 笔画交叉或连接的字，要注意交叉或连接的位置。有些字的下一笔画是从上一笔画的中点起笔或穿过去的。如“刀”字的撇要从横部的中点起笔。“歹”字的每个笔画都从上一笔画的中点起笔。“土”字每一个笔画都被其他笔画平分。“成”字第二笔横折钩从第一笔撇的中点起笔，斜钩从横的中点穿过去，撇写在斜钩的中点。

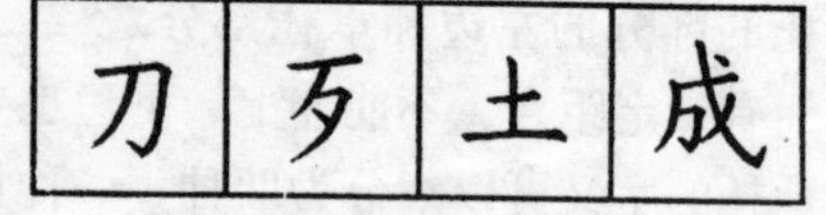

(3) 等分原则 如果有多个笔画与同一个笔画交叉或连接，那么这些笔画应该把那个笔画分成几等份。如草字头的两竖把横分成三等份，“丘”的两竖把下横分成三等份，“勿”字的两撇把横分成三等份，“世”字三竖把横分成四等份。

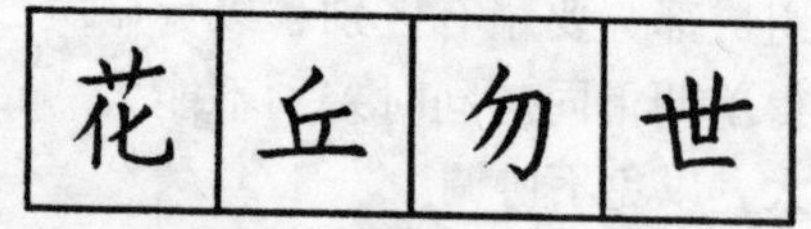

(4) 平行原则 有些字中的笔画尤其是斜向笔画应该平行，这样字的重心就平稳，结构就匀称。比如“勿”字三撇就基本平

行，“方”字的撇和横折钩的竖部也应该平行，“夕”字的两撇、“么”字的两撇都应该平行。

方　么　夕　勿

（5）对称原则　有些字左右两部分几乎是完全相同，这样的字就可以把它写成左右完全对称。

贝　只　合　条

3. 向背原则

（1）相向　笔画往一块儿聚叫相向，就像两个人脸对着脸。写这样的字时注意左右两部分往一块儿聚的笔画要收敛，别打架，要互相谦让。

放　级　饮　切

（2）相背　笔画朝相反的方向伸展叫相背，就像两个人背对着背。写这样的字时要注意把两部分写得近点，别离得太远，否则结构就会松散。

（3）同向　同向的字就是字的两个部分朝同一个方向伸展。写这样的字时注意两部分的距离不远不近就行。

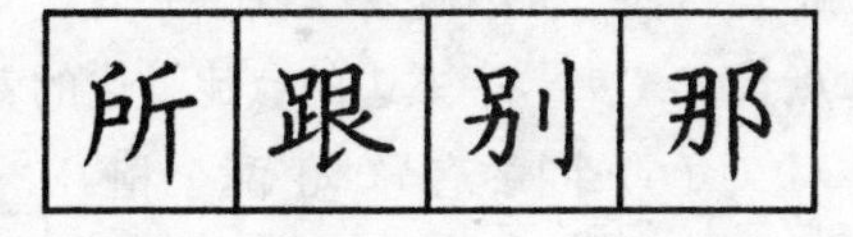

4. 变化原则

（1）横的变化　一个字中如果有两个及两个以上横时，横的长度、角度、弯度要有区别。比如“三”字第一横左细右粗，向下鼓，第二横左右一般粗，没有弯儿，第三横两头粗中间细。三个横中中间的最短，下边的最长。

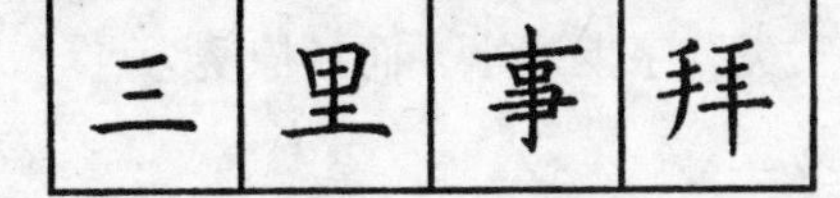

（2）竖的变化　一个字中有两个或两个以上竖时，竖的长短和收放也要有所区别，避免雷同。如“川”字两竖都是藏锋竖，但右边的长。“什”字左竖为藏锋竖，右竖为出锋竖。

川	山	什	徘

（3）撇的变化　一个字中如果有两个及两个以上撇时，撇的长度、角度、弯度要有区别。比如“友”字第二撇就比第一撇弯，“形”字三撇的长度、角度和弯度都不一样。

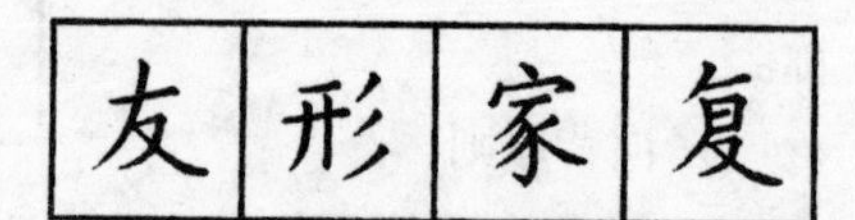

（4）捺的变化　一个字中如果有两个及两个以上捺时，捺的长度、角度要有区别，多数情况下一个捺要避为点。

双	达	类	趣

（5）点的变化　一个字中如果有两个及两个以上点时，点的长度、角度也要有区别。比如“尽”的第二点就比第一点长，“头”字下边的点比上边的就竖一些，长一些。

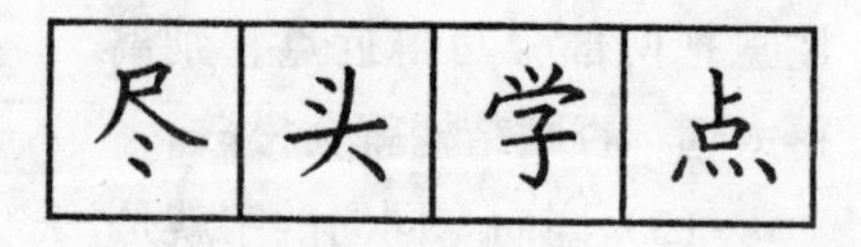

（6）同中有异　由两个相同的部件组成的字，两个部件要有所区别。如“羽”、“林”都是左边小，右边大，“炎”字上边小，而且捺避为点。“哥”字上边小，而且竖钩省略为竖。

为便于读者学习，此处附960个最常用字楷书范例。

的	一	是	在	不	了	有	和
人	这	中	大	为	上	个	国
我	以	要	他	时	来	用	们
生	到	作	地	于	出	就	分
对	成	会	可	主	发	年	动
同	工	也	能	下	过	子	说
产	种	面	而	方	后	多	定
行	学	法	所	民	得	经	十
三	之	进	着	等	部	度	家
电	力	里	如	水	化	高	自
二	理	起	小	物	现	实	加
量	都	两	体	制	机	当	使

点	从	业	本	去	把	性	好
应	开	它	合	还	因	由	其
些	然	前	外	天	政	四	日
那	社	义	事	平	形	相	全
表	间	样	与	关	各	重	新
线	内	数	正	心	反	你	明
看	原	又	么	利	比	或	但
质	气	第	向	道	命	此	变
条	只	没	结	解	问	意	建
月	公	无	系	军	很	情	者
最	立	代	想	已	通	并	提
直	题	党	程	展	五	果	料

象	员	革	位	入	常	文	总
次	品	式	活	设	及	管	特
件	长	求	老	头	基	资	边
流	路	级	少	图	山	统	接
知	较	将	组	见	计	别	她
手	角	期	根	论	运	农	指
几	九	区	强	放	决	西	被
干	做	必	战	先	回	则	任
取	据	处	队	南	给	色	光
门	即	保	治	北	造	百	规
热	领	七	海	地	口	东	导
器	压	志	世	金	增	争	济

阶	油	思	术	极	交	受	联
什	认	六	共	权	收	证	改
清	己	美	再	采	转	更	单
风	切	打	白	教	速	花	带
安	场	身	车	例	真	务	具
万	每	目	至	达	走	积	示
议	声	报	斗	完	类	八	离
华	名	确	才	科	张	信	马
节	话	米	整	空	元	况	今
集	温	传	土	许	步	群	广
石	记	需	段	研	界	拉	律
叫	且	究	观	越	织	装	影

算	低	持	音	众	书	布	复
容	儿	须	际	商	非	验	连
断	深	难	近	矿	千	周	委
素	技	备	半	办	青	省	列
习	响	约	支	般	史	感	劳
便	团	往	酸	历	市	克	何
除	消	构	府	称	太	准	精
值	号	率	族	维	划	选	标
写	存	候	毛	亲	快	效	斯
院	查	江	型	眼	王	按	格
养	易	置	派	层	片	始	却
专	状	育	厂	京	识	适	属

圆	包	火	住	调	满	县	局
照	参	红	细	引	听	该	铁
价	严	首	底	液	官	德	调
随	病	苏	失	尔	死	讲	配
女	黄	推	显	谈	罪	神	艺
呢	席	含	企	望	密	批	营
项	防	举	球	英	氧	势	告
李	台	落	木	帮	轮	破	亚
师	围	注	远	字	材	排	供
河	态	封	另	施	减	树	溶
怎	止	案	言	士	均	武	固
叶	鱼	波	视	仅	费	紧	爱

左	章	早	朝	害	续	轻	服
试	食	充	兵	源	判	护	司
足	某	练	差	致	板	田	降
黑	犯	负	击	范	继	兴	似
余	坚	曲	输	修	故	城	夫
够	送	笑	船	占	右	财	吃
富	春	职	觉	汉	画	功	巴
跟	虽	杂	飞	检	吸	助	升
阳	互	初	创	抗	考	投	坏
策	古	径	换	未	跑	留	钢
曾	端	责	站	简	述	钱	副
尽	帝	射	草	冲	承	独	令

限	阿	宣	环	双	请	超	微
让	控	州	良	轴	找	否	纪
益	依	优	顶	础	载	倒	旁
突	坐	粉	敌	略	客	袁	冷
胜	绝	析	块	剂	测	丝	协
重	诉	念	陈	仍	罗	盐	友
洋	错	苦	夜	刑	移	频	逐
靠	混	母	短	皮	终	聚	汽
村	云	哪	既	距	卫	停	烈
央	察	烧	迅	行	境	若	印
洲	刻	括	激	孔	搞	甚	室
待	核	校	散	侵	吧	甲	游

久	菜	味	旧	模	湖	货	损
预	阻	毫	普	稳	乙	妈	植
息	扩	银	语	挥	酒	守	拿
序	纸	医	缺	雨	吗	针	刘
啊	急	唱	误	训	愿	审	附
获	茶	鲜	粮	斤	孩	脱	硫
肥	善	龙	演	父	渐	血	欢
械	掌	歌	沙	著	刚	攻	谓
盾	讨	晚	粒	乱	燃	矛	乎
杀	药	宁	鲁	贵	钟	煤	读
班	伯	香	介	迫	句	丰	培
握	兰	担	弦	蛋	沉	假	穿

执	答	乐	谁	顺	烟	缩	征
脸	喜	松	脚	困	异	免	背
星	福	买	染	井	概	慢	怕
磁	倍	祖	泉	促	静	补	评
翻	肉	践	尼	衣	宽	扬	棉
希	伤	操	垂	秋	宜	氢	套
笔	督	振	架	亮	末	宪	庆
编	牛	触	映	雷	销	诗	座
居	抓	裂	胞	呼	娘	景	威
绿	晶	厚	盟	衡	鸡	孙	延
危	胶	还	屋	乡	临	陆	顾
掉	呀	灯	岁	措	束	耐	剧

第四节　怎样改变字的风格

一、丰富笔法

就是掌握同一笔画的不同写法。笔画有方圆、润燥、粗细、虚实、收放、疏密等许多变化，灵活运用这些笔法，就可以产生丰富的形象，增加字的艺术内涵。比如同是“化”字，都是三笔组成，就可以有多种不同的写法。第一种是规范写法，第二种写法粗细变化大，竖变为上粗下细；第三种出钩的方向是右上而不是正上，有隶书的笔意；第四种出钩之前回笔动作比较明显，就显得含蓄厚重。

再比如第二个“英”字草字头分成左右两部分，撇断成竖和撇两段，捺变为点，与第一种写法相比有很大不同。第一个“以”字是规范写法，第二个每笔都和它不同，富于变化。

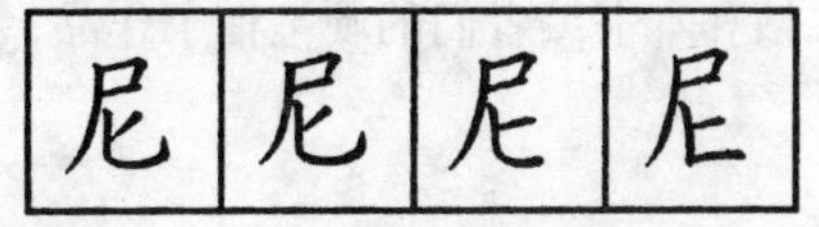

四个“尼”字更是无一雷同，第二个钩朝右上，第三个把竖弯钩变为竖弯，第四个把竖弯钩变为竖折。

二、加大对比

笔画之间的对比不同，就会导致字的风格不同。比如第一个“大”字的撇捺对比小，字就显得比较平稳，而第二个让捺尽力伸展，就形成比较强烈的对比，字的气势就发生了变化。两个“碧”字笔画的粗细明显不同，气势也有较大差别。“争”、“事”等字的中横是否出头，也决定了字的结构和神采。

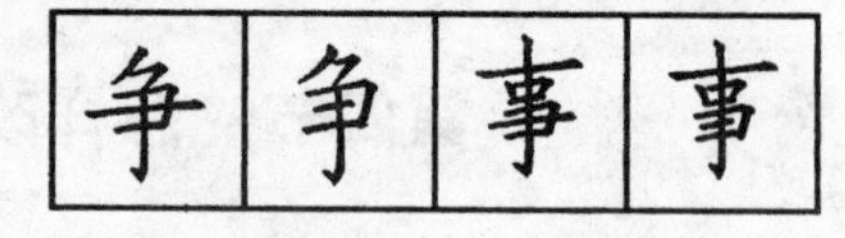

三、增加变化

增加变化的方法有许多，比如采用繁体字，采用异体字和帖写形式等，这样可以避免雷同。比如“壁”字的第二种写法把上下结构变为左右结构，并且多写一横；“照’字的四点底恢复为火字底；“去”字采用异体写法，“纸”字变左右结构为上下结构等。总之，字的写法有很多种，我们要多学习，开阔眼界，就可以掌握丰富的写法，使作品充满变化和活力。这里需要读者注意的是，这些写法，虽然适用于书法艺术，但在现实的书写活动中，还是要写规范的简化字，万万不可生搬硬套。

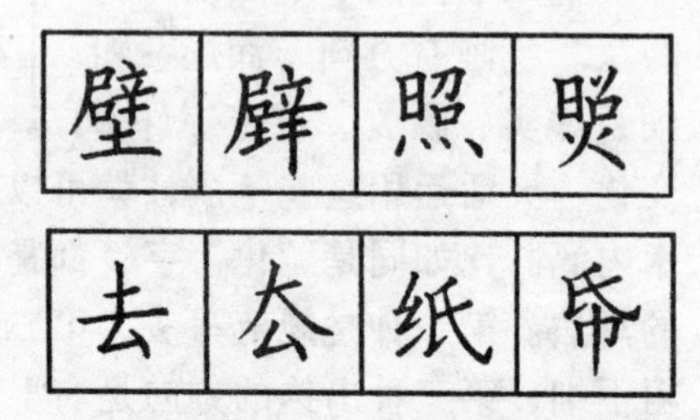

为使读者学到不同风格的楷书写法，我们附上古代著名楷书碑帖和本书编者们的硬笔楷书作品，供读者临摹、研究。

楷书书法艺术欣赏

唐　欧阳询　《九成宫碑》

迴 風 心

建 肌 念

遐 氣 恩

邁 鳳 思

唐　欧阳询　《九成宫碑》

唐　欧阳询　《九成宫碑》

丘	色	山
后	泉	典
延	皇	豈
斯	冰	恭

唐　褚遂良　《倪宽赞》

唐　褚遂良　《倪宽赞》

多闕上方欲用六
武求之如弗及始
以蒲輪迎枚生見

唐　颜真卿　《多宝塔碑》

果	受	六	千
京	孚	示	中
崇	波	女	師
字	滅	安	佛
宣	無	異	章
寶	照	童	華

唐　颜真卿　《多宝塔碑》

收	布	大	人
狀	若	夫	丈
輪	有	天	水
問	乃	度	久
同	叉	廣	受
懷	身	嚴	度

唐　颜真卿　《多宝塔碑》

之	次	水	心
定	字	木	思
走	宿	事	息
趙	賓	列	恩
選	慶	判	忍
道	毫	利	忽

唐 颜真卿 《多宝塔碑》

成 力 光 部
感 分 見 都
武 有 克 郎
戒 月 兆 邪
我 而 化 部
戴 尚 札 薩

唐　柳公权　《玄秘塔碑》

宗	次	三
密	凉	五
寶	清	奇
寵	演	書

唐　柳公权　《玄秘塔碑》

土	千	相
生	禪	林
甘	師	門
出	辯	間

唐　柳公权　《玄秘塔碑》

大　左　唐

太　在　原

夫　者　度

丈　必　塵

唐　柳公权　《玄秘塔碑》

唐　柳公权　《玄秘塔碑》

来　乎　式

東　承　成

提　家　盛

持　家　威

唐　《灵飞经》

滋蕙堂墨寶卷三

鍾可大書

瓊宮五帝內思上法

常以正月二月甲乙之日平旦沐浴齋戒入
室東向叩齒九通平坐思東方東極玉真青
帝君諱雲拘字上伯衣服如法乘青雲飛輿
從青要玉女十二人下降齋室之內手執通
靈青精玉符授與兆身兆便服符一枚微祝

唐　《灵飞经》

七月八月庚辛之日平旦入室西向叩齒九
通平坐思西方西極玉真白帝君諱浩庭字
素羅衣服如法乘素雲飛輿從太素玉女十
二人下降齋室之內手執通靈白精玉符授
與兆身兆便服符一枚微祝曰
白帝玉真号曰浩庭素羅飛帬羽蓋鬱青晏
景常陽迴駕上清流真曲降下鑒我形授我
玉符為我致靈玉女扶輿五帝降軿飛雲羽

唐 《灵飞经》

曰
黄帝玉真揔御四方周流無極号曰文梁五
彩文煥錦帔羅裳上遊玉清徘徊常陽九曲
華關流看瓊堂乘雲騁轡下降我房授我玉
符玉女扶將通靈致真洞達無方八景同輿
五帝齊光畢咽炁十二過止
靈飛六甲内思通靈上法
凡修六甲上道當以甲子之日平旦墨書白

元　赵孟頫　《妙严寺记》

湖州妙嚴寺記
前朝奉大夫
大理少卿牟
巘記譔

中順大夫揚
州路泰州尹
兼勸農事趙
孟頫書并篆

額
妙嚴寺本名東
際距吳興郡城
七十里而近曰

徐林東接烏戍
南對涵山西傍
洪澤北臨洪城
暎帶清流而離

絕囂塵誠一方
勝境也先是宗
嘉熙間是菴信
上人於焉剏始

結茅爲廬舍板
行華嚴法華宗
鏡諸大部經適
雙徑佛智偃谿

聞禪師飛錫至
止遂以妙嚴易
東際之名深有
旨哉其徒古山

道安同志合慮
募緣建前後殿
堂翼以兩廡莊
嚴佛像置大藏

經琅函貝牒布
互森羅念里民
之遺骨無所於
藏遂浚蓮池以

元　赵孟頫　《妙严寺记》

緇閣椒圓覺期會建僧堂圓通殿以安像設備極殊勝壬辰受法旨陞院為寺扁今額焉繼寧者如妙重闢三門兩廡庖湢等屋繼如妙者如渭幻十八開士於後殿兩廂金碧晌耀復增置

申陳皆為法門及刊大藏經板悉滿所願安公之将壮行也以院事勤重付屬如寧後果示寂于燕之大延壽寺蓋一念明了洞視死生不間豪髮寧履踐真實追述前志再度一大藏命衆

歸之寶祐丁巳是菴既化安公繼之安素受知趙忠惠公維持翊助給部符為甲乙流傳朱殿院應元寔為之記中更世故劫火洞然安公乃聚凡礫掃煨燼一新舊觀至元間兩詣闕廷凡

元　赵孟頫　《妙严寺记》

良田架洪鍾繼如渭者明照方將竭歷作興未幾而逝衆以明

倫繼之乃能力承和顧大闡前規重新佛殿建毗盧千佛閣及

方丈凡寺之諸役皆迄于成顧未有以記也都寺明秀状其事

曰余友文心之來求余記若夫檀施之名氏抑建之歲月載于

碑陰闡能仁氏集無邊開士於七處九會演唱雜華以世主妙

嚴冠于品目之首者良有以也余老於儒業獨未暇備殫其蘊

與以理約之世主即佛心也妙嚴乃佛心中所現之事相也今

重重遼宇廣博殊麗茍非佛心所現孰能有是哉使推廣此心

一切時中饒益有情大作佛事則上鄰日月下絕空輪皆所謂

明　王宠　《前赤壁赋》

前赤壁賦

壬戌之秋七月既望蘇子與客泛舟遊於赤壁之下清風徐来水波不興舉酒屬客誦明月之詩歌窈窕之章少焉月出於東山之上徘徊於斗牛之間白露横江水光接天縱一葦之所如凌萬頃之茫然浩浩乎如憑虛御風而不知其所止飄飄乎如遺世獨立羽化而登仙於是飲酒樂甚扣舷而歌之歌曰桂棹兮蘭槳擊空明兮泝流光渺渺兮予懷望美人兮天一方客有吹洞簫者倚歌而和之其聲嗚嗚然如怨如慕如泣如訴餘音嫋嫋不絕如縷舞幽壑之潛蛟泣孤舟之嫠婦蘇子愀然正襟危坐而問客曰何為其然也客曰月明星稀烏鵲南飛此非曹孟德之詩乎西望夏口東望武昌山川相繆鬱乎蒼蒼此非孟德之困於周郎者乎方其破荆州下江陵順流而東也舳艫千里旌旗

明 王宠 《前赤壁赋》

蔽空釃酒臨江橫槊賦詩固一世之雄也而今安在
哉況吾與子漁樵於江渚之上侶魚蝦而友麋鹿駕
一葉之扁舟舉匏樽以相屬寄蜉蝣于天地渺滄海
之一粟哀吾生之須臾羨長江之無窮挾飛仙以遨
遊抱明月而長終知不可乎驟得託遺響於悲風蘇子
曰客亦知夫水與月乎逝者如斯而未嘗往也盈虛者
如彼而卒莫消長也蓋將自其變者而觀之則天地曾
不能以一瞬自其不變者而觀之則物與我皆無盡也
而又何羨乎且夫天地之間物各有主苟非我之所有
雖一毫而莫取惟江上之清風與山間之明月耳得之
而為聲目遇之而成色取之無禁用之不竭是造物者
之無盡藏也而吾與子之所共適客喜而笑洗盞更酌
肴核既盡杯盤狼籍相與枕籍乎舟中不知東方之
既白

北京　崔学路

玄言新記明老部
唐秘書監上護軍琅琊縣開國子顔師
伷字師古撰

余富貴貧賤乎帝乃悟知是神人方下輦
稽首禮謝曰朕以不德忝統先業才不任
大憂於不堪雖治世事而心敬道德直以
闇昧多所不了惟蒙道君弘愍有以教之
則幽夜覩太陽之耀
河上公即授素書老子道德經章句二卷
謂帝曰熟研此則所疑自解自余注是經
以来千七百餘年凡傳三人連子四矣勿

北京　崔学路

亦非其人文帝跪受經言果失公所在論
者以文帝好老子道世人不能盡通其義
而精思遯感仰徹太上道君遣神人特下
教之便去耳恐文帝心未純信故示神變
以悟帝意欲成其道真時人因号曰河上
公焉

太極左仙公葛玄曰老子以上皇元年正
月十二日丙午太歲丁卯下為周師到元
極元年太歲癸丑五月壬午去周西度關
關令尹喜宿命合道豫占見紫雲西邁知
有道人當度仍齋潔燒香想道真以其年
十二月廿五日老子度關也

北京　崔学路

喜見老子奉迎設禮自稱弟子老子曰汝
應為此利天下棄賢世傳弘大道子神仙
者矣以廿八日日中時授太上道德經
義洞虛无大无不苞細无不入聖王不能
盡通其義昔漢孝文皇帝好大道縱无為
之堂嘆凡聖無能解此玄奧而精思遠感
上徹太上道君遣真人下授文帝希微之
旨道人即信檣傳授至人比字校定外儒
所行雜傳多誤今當參校此正之使與玄
洞相應十方諸天人神仙天地鬼神所宗
奉文同無一異矣
辛巳冬　學路節錄於京東　崔學

河北 陈卫疆

魏故南陽張府君墓誌君諱玄字黑女南陽白水人也出自皇帝之苗裔昔在中葉作牧周殷爰漢及魏司徒司空不因舉燭便自高明無假置水故以清潔遠祖和吏部尚書并州刺史祖具中堅将軍新平太守父盪寇将軍蒲坂令所謂華蓋相暉榮光照世君稟陰陽之純精含五行之秀氣

節臨張玄墓誌 衛疆

河北　陈卫疆

夫天地者萬物之逆旅光陰者百代
之過客而浮生若夢為歡幾何古人
秉燭夜游良有以也況陽春召我以
煙景大塊假我以文章會桃李之芳
園序天倫之樂事群季俊秀皆為惠
連吾人詠歌獨慚康樂幽賞未已高
談轉清開瓊筵以坐花飛羽觴而醉
月不有佳作何伸雅懷如詩不成罰
依金谷酒數

李白詩春夜宴諸從弟桃李園序　衛疆書

河南　蔚陆军

鍾山風雨起蒼黃百萬雄師過大江
虎踞龍盤今勝昔天翻地覆慨而慷
宜将剩勇追窮寇不可沽名學霸王
天若有情天亦老人間正道是滄桑
紅軍不怕遠征難萬水千山只等閑
五嶺逶迤騰細浪烏蒙磅礴走泥丸
金沙水拍雲崖暖大渡橋横鐵索寒
更喜岷山千里雪三軍過後盡開顔

毛澤東七律詩二首八隻眼硬書組蔚陸軍

河南　蔚陆军

君不見走馬川行雪海邊平沙莽々黃入天輪臺
九月風夜吼一川碎石大如斗隨風滿地石亂走
匈奴草黃馬正肥金山西見煙塵飛漢家大將
西出師將軍金甲亱不脫半夜軍行戈相撥風
頭如刀面如割馬毛帶雪汗氣蒸五花連錢旋作
冰幕中草檄硯水凝虜騎聞之應膽懾料知短
兵不敢接軍師西門儜獻捷
岑叅詩一首八隻眼硬筆書法創作組蔚陸軍

河南　蔚陆军

十二樓中盡曉妝望仙樓
上望君王鎖銜金獸連環
冷水滴銅龍晝漏長雲髻
罷梳還對鏡羅衣欲換更
添香遙窺正殿簾開處袍
袴宮人掃御牀客去波平

檻蟬休露滿枝永懷當此
節倚立自移時北斗兼春
遠南陵寓使遲天涯占夢
數疑誤有新知
古詩二首八便眼破
書組陸軍

甘肃　秋子

大江東去浪淘盡千古風流人物
故壘西邊人道是三國周郎赤壁
亂石穿空驚濤拍岸捲起千堆雪
江山如畫一時多少豪傑遥想公
瑾當年小喬初嫁了雄姿英發羽
扇綸巾談笑閒强虜灰飛煙滅故
國神遊多情應咲我早生華髮人
閒如夢一尊還酹江月　秋子

吉林　倪俊冬

知道者法於陰陽和於術數食飲有節起居
有常不妄作勞故能形與神俱而盡終其天
年度百歲乃去今時之人不然也以酒為漿以
妄為常醉以入房以欲竭其精以好散其真不
知持滿不時御神務快其心逆于生樂起居
無節故半百而衰也

八隻眼創作組俊冬書

吉林　倪俊冬

眾芳搖落獨暄妍
占盡風情向小園
疏影橫斜水清淺
暗香浮動月黃昏
霜禽欲下先偷眼
粉蝶如知合斷魂
幸有微吟可相狎
不須檀板與金樽

古詩一首　八隻眼創作組
墨齋淺束鋼筆

吉林　倪俊冬

都道是金玉良姻俺只念木石前盟空對着山中
高士晶瑩雪終不忘世外仙姝寂寞林嘆人間美
中不足今方信縱然是齊眉舉案到底意難平一個
是閬苑仙葩一個是美玉無瑕若說沒奇緣今生
偏又遇着他若說有奇緣如何心事終虛化一個枉自
嗟呀一個空勞牽掛一個是水中月一個是鏡中花想
眼中能有多少淚珠兒怎經得秋流到冬盡春流到夏
紅樓夢詩詞二首　辛巳季冬日
八隻眼硬筆書法創作組倪浚東書

吉林 倪俊冬

終南陰嶺秀
積雪浮雲端
林表明霽色
城中增暮寒

十年磨一劍霜刃未曾試
今日把示君誰有不平事

唐詩二首
八隻眼創作組浚冬

吉林　倪俊冬

東望古原平孤邨夕照明山光楓葉暗嬛影柳條橫齊晉多鄉語金遼有重兵滄桑無限感惆悵故園情 其一

特地辟荊榛先廬此卜鄰西山讀書處南浦釣魚人榆柳載全老桑麻俗自醇金源與宋瓦何處吊遺民 其二

成多祿詩　八隻眼創作組後冬鋼筆書

重庆　彭洪顺

寶釵分桃葉渡煙柳暗南浦怕上層樓十日九
風雨斷腸片片飛紅都無人管更誰勸啼鶯
聲住鬢邊覷試把花卜歸期才簪又重數羅帳
燈昏哽咽夢中語是他春帶愁來春歸何處卻
不解帶將愁去　辛棄疾詞祝英台近一首
描寫了年輕女子的內心世界洪順拙筆

重庆　彭洪顺

無道人之短。無道己之長。施人慎勿念。受施慎勿忘。世譽不足慕。唯仁為紀綱。隱心而後動。謗議庸何傷。無使名過實。守愚聖

所臧。在涅貴不淄。暖暖內含光。柔弱生之徒。老氏誡剛強。行行鄙夫志。悠悠故難量。慎言節飲食。知足勝不祥。行之苟有恆。久久自芬芳。

壬午歲首洪順書

重庆　彭洪顺

武陵春　李清照

風住塵香花已盡日晚倦梳頭物是人非事事休欲語淚先流

景物依舊人已非往昔此句是傷春亦是自嘆身世

聞說雙溪春尚好也擬泛輕舟只恐雙溪舴艋舟載不動許多愁

這首詞抒寫了作者南渡後晚年避難金華極端悲苦的心情

壬午年孟春　積字齋主　洪順並識

重庆 彭洪顺

若思通指則少不如老學成規矩老不如少思則老而逾妙學乃少而可勉勉之不已抑有三時時然一變極其分矣至如初學分布但求平正既知平正務追險絕既能險絕復歸平正初謂未及中則過之後乃通會會之際人書俱老

節録孫過庭書譜 壬午年春 洪順鍔筆書

重庆　彭洪顺

衆水會涪萬瞿塘爭一門朝宗人共挹盜賊爾誰
尊孤石隱如馬高蘿垂飲猿歸心異波浪何事
即飛翻　其一　浩浩終不息乃知東極臨衆流歸海
意萬國奉君心色借瀟湘闊聲驅灩澦深未辭
添霧雨接上遇衣襟　其二
錄杜甫長江詩二首　積字齋主彭洪順書

杭州　许晓俊

退筆如山未足珍讀書萬卷始
通神君家自有元和腳莫厭家
鷄更問人一紙行書兩絶詩遂
良鬚鬢已成絲仍當火急傳家
法欲見誠懸筆諫時石如飛白
木如籀寫竹還有八法通若還
有人能會此須知書畫本來同

論書詩三首　辛巳小寒日　許曉俊細楷筆書

杭州 许晓俊

無言獨上西樓月如鈎寂寞
梧桐深院鎖清秋剪不斷理
還亂是離愁別是一般滋味

在心頭江南好風景舊曾諳
日出江花紅勝火春來江水
綠如藍能不憶江南磨就墨

染兔毫倩花箋欲傳音耗真
寫到半張却帶草敘寒溫不
知個顛倒知榮知辱牢緘口

誰是誰非暗點頭詩書叢里
且淹留閑袖手貧煞也風流

右錄詞曲四首辛巳春日許曉俊以楷筆書

浙江　朱勇方

東山春望

稽山鏡水莫非春童冠登臨
眺望頻寄語嵇康漫落筆不
妨添作畫中人
曲折重重山徑繞山中一路
聞啼鳥不知身在最高峯反
道湖船如許小

南洋秋泛

船入南洋景自幽滿江紅葉
一天秋漁歌聽罷歸來晚紅
袖何人倚小樓野渡将迷淡
淡雲蓑衣欲濕微微雨前邪
歸去路無多湖上漫搖三四
櫓　清詩二首

紹興柯巖朱勇方書

浙江　朱勇方

渡遠荊門外
來從楚國遊
山隨平野盡
江入大荒流
月下飛天鏡
雲生結海樓
仍憐故鄉水
萬里送行舟

李白渡荊門送別

青山橫北郭
白水繞東城
此地一為別
孤蓬萬里征
浮雲遊子意
落日故人情
揮手自茲去
蕭蕭班馬鳴

李白送友人
紹興柯巖
朱勇方書

河北　张学鹏

滄海日赤城霞峨嵋雪巫峽雲洞庭月彭蠡煙瀟湘雨武夷峰廬山瀑布合宇宙奇觀繪吾齋壁

鄧石如碧山書屋聯

少陵詩摩詰畫左傳文馬遷史薛濤牋右軍帖南華經相如賦屈子離騷收古今絶藝置我山窓

唐山張学鵬书

河北 张学鹏

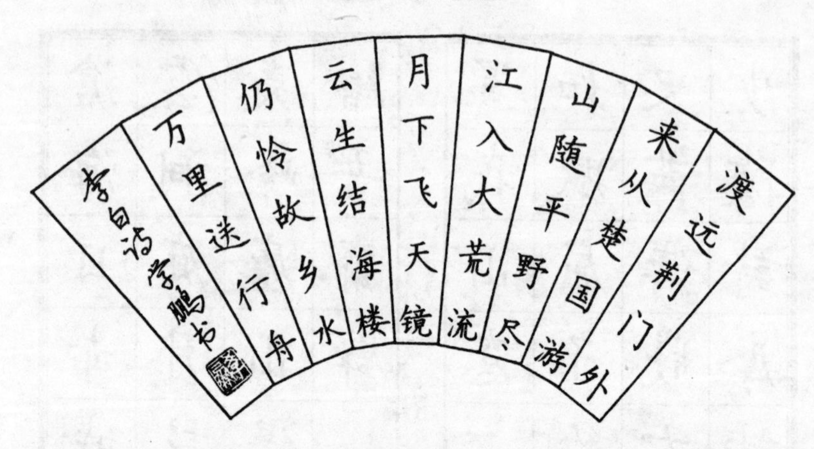

渡远荆门外
来从楚国游
山随平野尽
江入大荒流
月下飞天镜
云生结海楼
仍怜故乡水
万里送行舟
李白诗 学鹏书

人言落日是天涯
望极天涯不见家
已恨碧山相阻隔
碧山还被暮云遮
李觏诗乡思·学鹏书

阳关一曲水东流
灯火旌阳一钓舟
我自只如常日醉
满川风月替人愁
白居易诗 学鹏书

第四章

行书书法艺术

行书是介于楷书和草书之间的一种书体。张怀瓘说：『行书非草非真，离方遁圆，在乎季孟之间。兼真者谓之真行，兼草者谓之行草。』行书的特点是流畅生动，不必像楷书那样一本正经，而是比较活泼，法度要求相对松一些，所以更利于书写者情感的注入，个性的张扬，从而成为一种非常实用的、利于抒情的书体。

第一节　怎样写行书

行书可分为两种，楷法多于草法，比较规范易认的叫行楷。草法多于楷法，变形较大的叫行草。

学过楷书之后，怎样实现从楷书到行书的过渡呢？简单地说，就是要把这个笔画的末端和下个笔画的开端连起来写，同时让笔画稍微变形，加大粗细变化。比如下面的“三”字，楷书写法中三横互不相连，写成行书就是把第一横的右端和第二横的左端连起来，再把第二横的右端和第

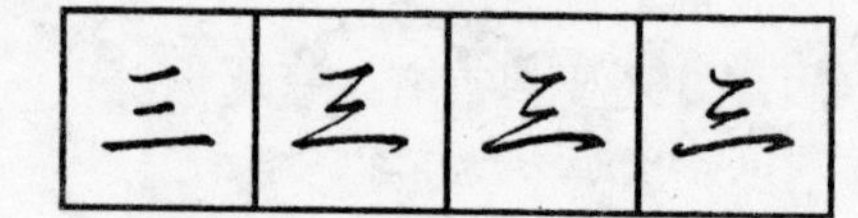

三横的左端连起来。这是第一步。第二步是让三个横稍微弯一点，这样更活泼。第三步，写的速度要快一些，显示出一定的笔力和神韵。第四步，横的粗细变化和倾斜角度都可以有些变化。至于三个横是中间的短，下边的长，和楷书一模一样。

具体说来，和楷书相比，行书具有以下几个特点：

1. 呼应明显　楷书笔画的起笔、收笔都很明确，笔画之间分得很清。而行书的笔画之间就有明显的呼应，这样可以使笔画之间气韵贯通。比如下边的“关”、“业”字中的两点就明显呼应，“亏”字的两横笔断意连，“川”字的三个笔画互相呼应。

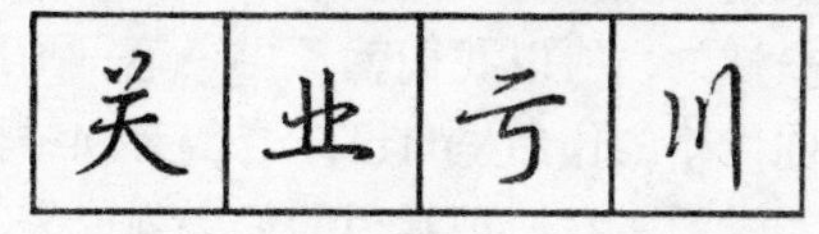

2. 变断为连　就是把本来在楷书中不相连的笔画连上，这样可以减少提笔的次数，加快书写速度，又可以使笔画之间气息顺畅。如“心”字后两点连成一笔，“目”字三横连在一起，“尽”字两点连在一起，“永”字后三笔连成一笔等等。

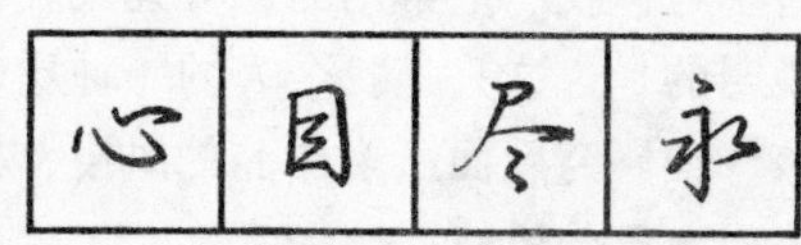

3. 改变形态　在行书中可以改变一些笔画甚至整个字的写法，以使字型美观。如“初”字本来从衣字旁，在行书中写的和示字旁一样。“话”字“古”部两竖合并成一竖。“齐”字上边是文字头，在行书中写的和折文头一样，“后”字第一笔本来是撇，在行书中却按横的笔顺写。这些都是在不影响认读的基础上允许的，为的是书写快速美观，富于变化。

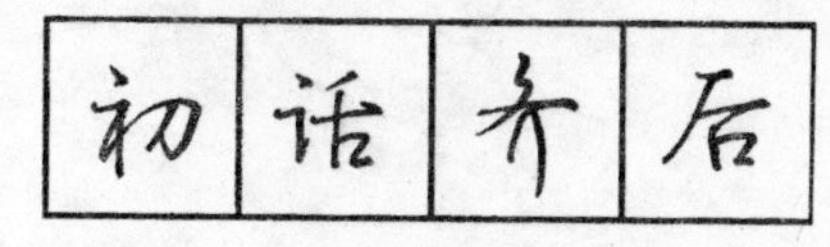

4. 圆润流畅　楷书中有很多方折的笔画，书写时要顿笔并稍停，还要拐直弯，这样书写速度就比较慢。而在行书中可以把方折的笔画改为圆转的笔画，

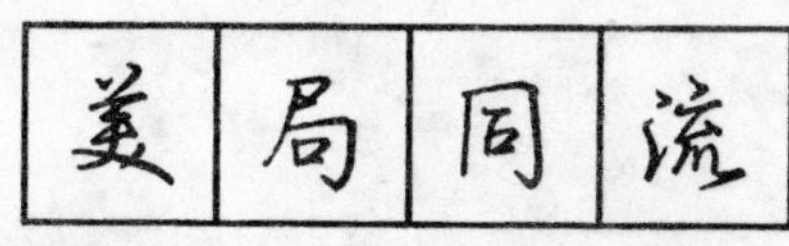

这样就能加快书写速度。有些笔画还有较大变形，以求流畅生动。

第二节　行书笔画偏旁技法

行书的笔画没有固定的写法，因为行书的笔画不像楷书那样定型，而是富于变化，而且在很多情况下要服从于结构和章法的要求。换句话说，就是行书的笔画是千变万化的，在不同的风格里，在同一风格的不同作品里，在同一作品的不同位置，其写法都是不一样的，所以我们就不再一笔一画地去讲怎么写，而是请读者在不同风格的作品里自己结合偏旁和结构、章法去学习体会。为方便读者学习，我们把常用的偏旁列成表，附上例字，供读者临写。需要说明的是，这只是我个人的一种比较中庸的风格，读者学完之后应该仔细研究后面所附作品的风格，根据自己的喜好进行取舍，最终形成自己的风格。

偏旁	例			字
刂	利	到	剑	刻
人	令	金	会	合
冫	冰	冷	冶	凝
工	巧	巩	项	攻
彳	行	很	德	待
夂	冬	各	条	备
氵	汉	江	河	海
宀	字	完	家	寒
弓	弘	张	弹	强
纟	组	绿	线	继
王	玲	玩	环	球
木	杰	杏	李	森
车	软	转	轻	较
牜	牧	物	牲	特

偏旁	例			字
讠	认	说	语	谈
阝	阳	降	除	随
扌	扣	抄	拉	摔
大	夸	夺	奈	奋
彡	形	彩	修	影
饣	饭	饮	饲	饶
广	应	店	度	康
辶	运	近	追	造
女	如	姓	始	娇
马	驮	驶	骄	骗
木	村	材	林	柳
木	朵	架	杂	条
日	明	时	晚	暗
攵	改	故	敏	教

偏旁	例			字
欠	欣	欲	歌	歇
方	放	旅	族	旋
灬	点	热	然	照
心	志	忘	忽	怒
目	眨	眼	盼	睛
矢	知	短	矫	矮
禾	香	季	秀	委
鸟	鸡	鸣	鸽	鸿
立	音	亲	竟	意
衤	初	衬	衫	被
页	顶	项	颜	颇
⺮	笑	笔	答	等
走	赶	赵	超	趣
雨	雪	雷	需	震

偏旁	例			字
殳	没	设	段	毅
火	烟	炮	烧	爆
礻	祖	神	祝	福
石	矿	硬	确	碎
钅	铁	钢	钟	铃
禾	和	秋	程	科
疒	疾	病	痕	瘦
立	站	竣	竭	端
穴	究	穷	空	窗
耳	职	联	聪	取
虍	虑	虚	虎	虏
米	料	粉	粗	精
⻊	跨	路	踢	跑
隹	推	谁	稚	雄

第三节　行书结构原则

行书的结构与楷书有很大差别，下面我们从几个方面谈一谈。一是正斜。楷书的结构以正为主，而行书的结构讲究变化，力避雷同，体现出灵活多变、流畅贯通的特点。虽然行书也有正、敧两种不同书风，但是都注重变化，避免呆板，力求使字产生明显的动感。二是收放。所谓收是指笔画呈现向内聚拢的趋势，整体比较收敛。放则指笔画有向外拓展的趋势，比较舒展。楷书中收放的变化不是很明显。而行书中收和放运用得非常明显，使字的风格有明显的变化，从而产生一定的韵律和节奏。三是大小。在楷书中字的大小差别不大，每个字所占的面积基本相等。而行书不要求每个字一般大，而是大小有别，有时一个大字所占的面积比几个小字所占面积之和还大。这样安排也是为了追求变化，使字与字之间产生比较强烈的对比，从而产生特定的审美效果。具体说来行书的结构有以下几个原则。

一、动中求稳

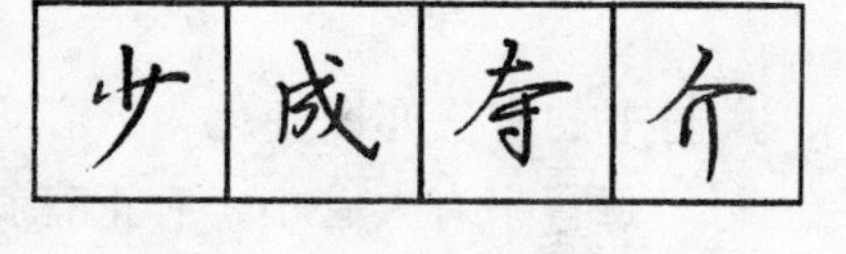

行书结构可以多一些变化，尤其是有长的撇捺的字，可以夸张一些，使字有一定的动感。

二、疏密匀称

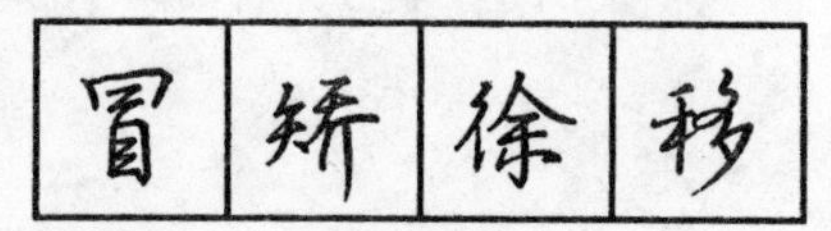

字中笔画多的地方要紧凑，但不能拥挤，更不能互相碰撞。笔画少的地方要疏朗，但不能松散。要让字的各个部分安排得当，整体协调。

三、收放合宜

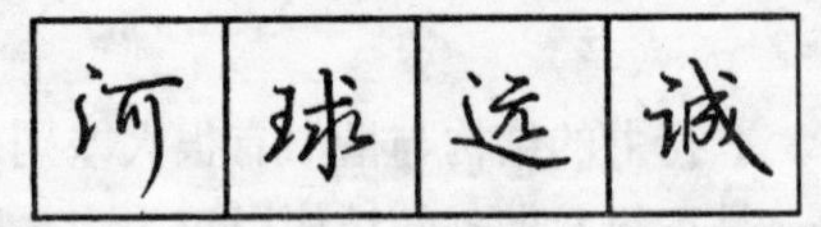

组成字的笔画要注意根据整体需要来决定是收是放。次要笔画要收敛一些，主要笔画要舒展开来，这样整个字就会动静相生，富于神采。如果笔画都收敛，整个字就没精神。如果都放开，笔画之间缺乏紧密的联系，难以组成一个有机的整体。

四、紧凑舒展

紧凑和舒展是一对矛盾，但必须统一起来。紧凑就是说笔画之间要有明显的联系，不能松散。舒展就是说主要笔画要放得开。比如“教”字，前边的笔画都是收敛蓄势的，只有最后一笔捺尽力向右下伸展，这样字形既紧凑又舒展。

第四节　行书的章法

行书的章法亦以变化为核心。一般的行书作品竖成列而横不成行，每行字有大有小，有正有斜，有收有放，字距有大有小，目的是使整幅作品通过对比表现出变化，体现出节奏，给人以美的享受。

为便于读者学习，后面附 960 个最常用字行书范例。

的	一	是	在	不	了	有	和
人	这	中	大	为	上	个	国
我	以	要	他	时	来	用	们
生	到	作	地	于	出	就	分
对	成	会	可	主	发	动	同
工	也	能	下	过	子	说	产
种	面	而	方	后	多	定	行
学	法	所	民	得	经	十	三
之	进	着	等	部	度	家	电
力	里	如	水	化	高	自	二
理	起	小	物	现	实	加	量
都	两	体	制	机	当	使	点

应些那表线看质条月最直象
好其日全就明但变建者提料
性由四相重你或此意情并果
把因政形各反比命问很通五
去还天平关心利道解军已展
本合外事与正么向结系想程
业它前义样数又第没无代党
从开然社间内原气只公立题

员	革	位	入	常	文	总	次
品	式	活	设	及	管	特	件
长	求	老	头	基	资	边	流
路	级	少	图	山	统	接	知
较	将	组	见	计	别	她	手
角	期	根	论	运	农	指	几
九	区	强	放	决	西	被	干
做	必	战	先	回	则	任	取
据	处	队	南	给	色	光	门
即	保	治	北	造	百	规	热
领	七	海	地	口	东	导	器
压	志	世	金	增	争	济	阶

油	思	术	极	交	受	联	什
认	六	共	权	收	诉	改	清
己	美	再	采	转	更	单	风
切	打	白	教	速	花	带	安
场	身	车	倒	真	务	具	万
每	因	至	达	走	积	示	议
声	报	斗	完	类	八	离	年
名	确	才	科	张	信	马	节
话	米	整	空	元	况	今	集
温	传	上	许	步	群	广	石
记	需	段	研	界	拉	律	叫
且	究	观	越	织	装	影	算

低	持	音	众	书	布	复	容
儿	须	际	商	非	验	连	断
深	难	近	矿	千	周	委	素
技	备	半	办	青	省	列	习
响	约	支	般	史	感	劳	便
团	往	酸	历	市	克	何	除
消	构	府	称	太	准	精	值
号	率	族	维	划	选	标	写
存	候	毛	亲	快	效	斯	院
查	江	型	眼	王	按	格	养
易	置	派	层	片	始	却	专
状	育	厂	京	识	适	属	圆

包	火	住	调	满	县	局	照
参	红	细	引	听	年	该	铁
价	严	首	底	液	官	德	调
随	病	苏	失	尔	死	讲	配
女	黄	推	量	谈	罪	神	艺
呢	席	含	企	望	密	批	营
项	防	举	球	英	氧	势	告
李	台	落	术	帮	轮	破	亚
师	围	注	远	字	材	排	供
河	态	封	另	旅	减	树	溶
怎	止	药	言	士	均	武	固
叶	鱼	波	视	仅	费	紧	爱

左	章	早	朝	害	续	轻	服
试	食	充	兵	源	判	护	司
足	某	练	差	致	板	田	降
黑	犯	负	击	范	继	兴	似
余	坚	曲	输	修	故	城	失
够	送	笑	船	占	右	财	吃
富	春	职	觉	汉	画	功	巴
跟	量	杂	飞	检	吸	助	升
阳	互	初	创	抗	考	投	坏
策	古	径	换	未	跑	留	钢
曾	端	责	站	简	述	钱	副
尽	帝	射	草	冲	承	独	令

限	阿	宣	环	双	请	超	微
让	控	州	良	轴	找	否	纪
益	依	优	顶	础	载	倒	旁
突	坐	粉	敌	略	究	素	冷
胜	绝	析	块	制	测	丝	协
重	诉	念	陈	仍	罗	盐	友
洋	错	苦	夜	刑	移	频	逐
靠	湿	母	短	皮	终	聚	汽
村	云	哪	既	距	卫	停	烈
央	察	烧	迅	行	境	若	印
洲	刻	括	激	孔	搞	甚	室
待	核	校	散	侵	吧	甲	游

久	草	味	旧	模	湖	货	损
预	阻	毫	普	稳	乙	妈	植
息	扩	银	语	挥	酒	守	拿
序	纸	医	缺	两	鸣	针	刻
啊	急	唱	误	训	愿	审	附
获	茶	鲜	粮	斤	孩	脱	硫
肥	善	龙	演	父	渐	血	欢
械	掌	歌	沙	著	刚	攻	谓
盾	讨	晚	粒	乱	燃	矛	乎
杀	药	宁	鲁	贵	钟	煤	读
班	伯	香	介	迫	句	丰	培
握	兰	担	弦	蛋	沉	假	穿

执	答	乐	谁	顺	烟	缩	征
脸	喜	松	脚	困	异	免	背
显	福	买	染	井	概	慢	怕
磁	倍	祖	泉	促	静	补	评
翻	肉	践	尼	衣	宽	扬	棉
希	伤	操	垂	秋	宜	氢	套
笔	督	振	架	亮	末	宪	庆
编	牛	触	映	雷	销	诗	座
居	抓	裂	胞	呼	娘	晕	威
绿	晶	厚	盟	衡	鸡	孙	延
危	胶	还	屋	乡	临	陆	顾
掉	呀	灯	岁	措	东	耐	剧

行书书法艺术欣赏

晋　王羲之　《圣教序》

晋　王羲之　《圣教序》

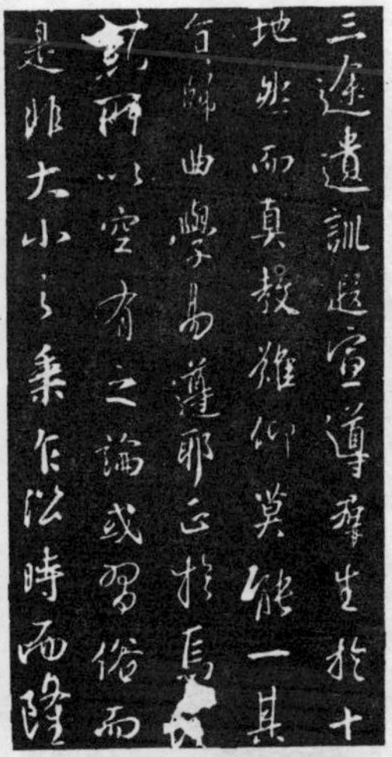

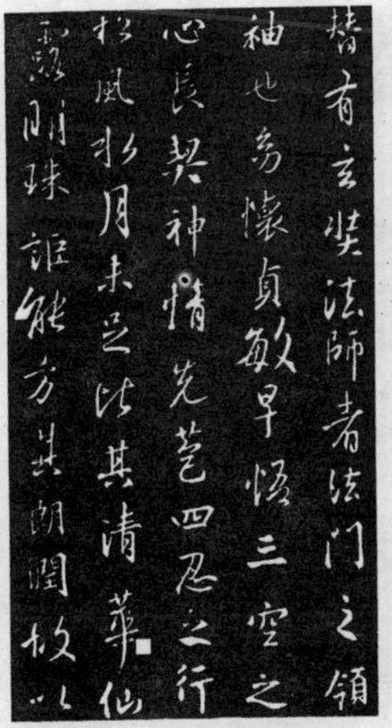

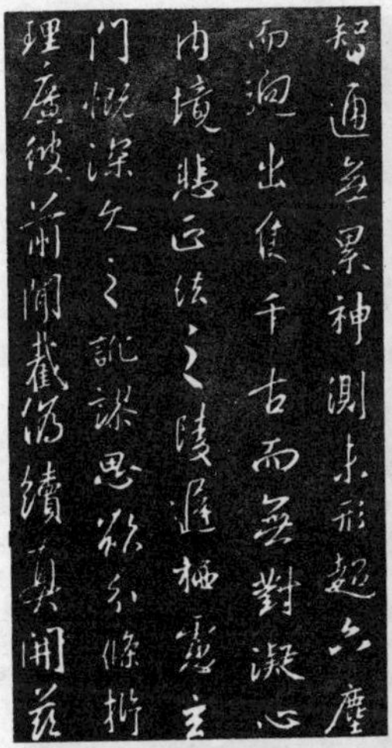

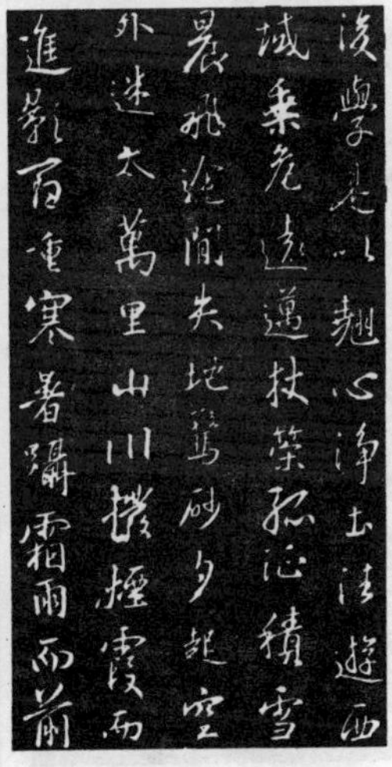

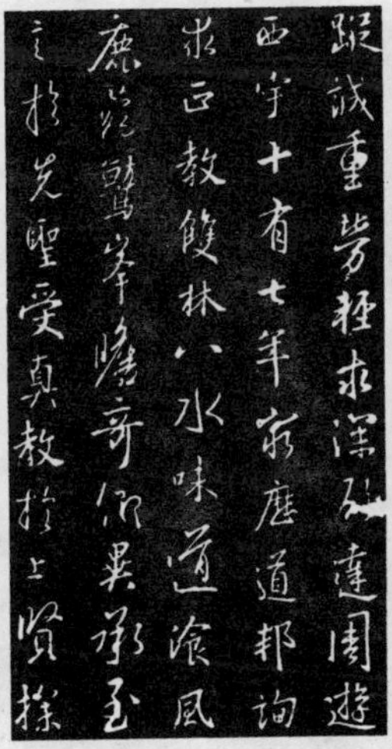

晋 王羲之 《圣教序》

業引慈雲於西極注法雨於
東垂聖教缺而復全蒼生罪
而還福濕火宅之乾燄共拔
迷途朗愛水之昏波同臻彼
岸是知惡因業墜善以緣昇

墜之端惟人所託譬夫桂生
高嶺雲露方得泫其花蓮
出淥波飛塵不能汙其葉非
蓮性自潔而桂質本貞良由
所附者高則微物不能累所

憑者淨則濁類不能沾夫以
卉木無知猶資善而成善況
乎人倫有識不緣慶而求慶
方冀茲經流施將日月而無
窮斯福遐敷與乾坤而永大

朕才謝珪璋言慚博達至
於內典尤所未閑昨製序文
深為鄙拙惟恐穢翰墨於金
簡標瓦礫於珠林忽得來書
謬承褒讚循躬省慮彌益

厚顏善不足稱空勞致謝
皇帝在春宮述三藏 聖記
夫顯揚正教非智無以廣其
文崇闡微言非賢莫能定其
旨蓋真如聖教者諸法之玄

宗眾經之軌躅也綜括宏遠
奧旨遐深極空有之精微體
生滅之機要詞茂道曠尋之
者不究其源文顯義幽履之
者莫測其際故知聖慈所被

宋　米芾　《方圆庵记》

杭州龍井山方圓庵
記
天竺辯才法師以智
者教傳四十年學者
如歸四方風靡於是
晦者明窒者通大小
之機無不遂者不居
其功不宥於名乃辭
其交游去其弟子而
求于寂寞之濱得龍
井之居以隱焉南山
守一往見之過龍泓
登風篁嶺引目周覽
以索其居岌然群峯
密圍滃然而不蔽翳四
顧若失莫知其鄉遂

宋　米芾　《方圆庵记》

岖下花磴行溪林得
之于烟云縣蔼之间
遂造而揖之法师引
予登席而坐相视而

笑徐曰子胡来予曰愿
有观焉法师曰子固观
矣而又将奚观予笑
曰然法师命予入由

照阁经宝岩指其庵
而言曰此吾之所以
休息乎此也窥其制
则圆盖而方址予谓

之曰夫释子之寝或
为方丈或为圆庐而
是庵也胡为而然哉
法师曰子既得之矣

宋　米芾　《方圆庵记》

維能試為子言之夫
形而上者渾淪周徧
非方非圓而能成方
圓者也形而下者或
得於方或得于圓或
兼斯二者而不能無
悖者也大至於天地
近止乎一身無不然
故天得之則運而無
積地得之則靜而無
變是以天圓而地方
人位乎天地之間則
首足具二者之形矣
蓋宇宙雖大不離其
內秋毫雖小待之成
體故凡有貌象聲色

宋　米芾　《蜀素帖》

皎皎中天月，团团径千里。震泽乃一水，所占已过二。娑罗即岘山，谋云形大地。地惟东吴偏，山水古佳丽。中有皎皎人，琼衣玉为饵。位维列仙长，学与千年对。幽操久独处，迢迢愿招类。金飔带秋威

宋　米芾　《蜀素帖》

殊种种是灵物相得
忘形躯鹤有冲霄心龟
厌曳尾居以竹两附口相
将上云衢报汝慎勿语
一语堕泥涂
断云一片洞庭帆玉破鲈

明　王铎　《枯兰复花赋》

琅華館藏本

枯蘭復花賦

順治己丑五月商丘内閣

玄平宋子速予西園白瓷

盎中有蘭馥郁來几席

比歲之於蘭也若菖蒲

敷榮難於一覩况能穿

易剝陳黃澀枯無葉倏

焉於敗土中猗猗一莖數

萼託根得所挺姿不恒

意吉善之氣雅厚亨昌

神物先為之告物之然

者非物也固如此廣生引

之無替乎客振振殷殷相

顧驚愕嘆其精通蓋

以之宅揆氣志相及有識

乎敷英之前君子無醜疾

地昌國滋靈光鞏固其

所也諸客咸詠乎慶之餘

天和性覘吉郁之為利

明　王铎　《枯兰复花赋》

也者大矣哉爰扶之赋
天人會聚麗土[illegible]祥國香
賁[illegible][illegible]借元陽气禴自滋
既枯而芳數花[illegible][illegible][illegible]
且藹長況乃陽歲陳根土
石相竊傍翳觀髣心胡
[illegible]悅承露兮無蘂樓[illegible]
來風兮搜拂空闃雝[illegible]寘
兮失空不求人而自恒幽貞
獨處道情藏倩笑苟[illegible]

之條[illegible]恥默曼以營屋
寂寞無傳[illegible]邑自得然
鬱極如逌光騰達龍業
天地為一室堂王者之無朋
惟內淵以抱蜀流馨德以
匪同揚金踟綴璚紅見至
[illegible]器者圜[illegible]輔鄉者於
[illegible]李素兮近於天賞穎蕊
兮愜於民宗良自老於春
夏飄灑初何意乎葩[illegible]

明　王铎　《枯兰复花赋》

之嘉名迺灌莽而無私
蠲蔼蔞之糾纏閑周身
以崇防覬隱衛之允絕所緣
感搽以播芳借内芝於藥
錄幻佩兮罥乎蘭荃騷
晓兮還於兎蜉故知奇禧
兮驕令不移芾兮瑶幽
方爐馥兮百物許保潋兮
海垠遘黝僮兮區萌俾
甲折兮知春鼓華平兮

米草春無隱兮示人命不
妄豫兮大塊諶凝予兮作
隣驊之肆洽道無迭遏離
南箕益尴菌斯弱有是矣
合海陽爲於昭臣揭車与
書之得竣大雨滂沱溽暑
天既爽气七月五日
雨老先生弧辰彝致祝意
云

西洛拙叟王鐸書
時年五十六

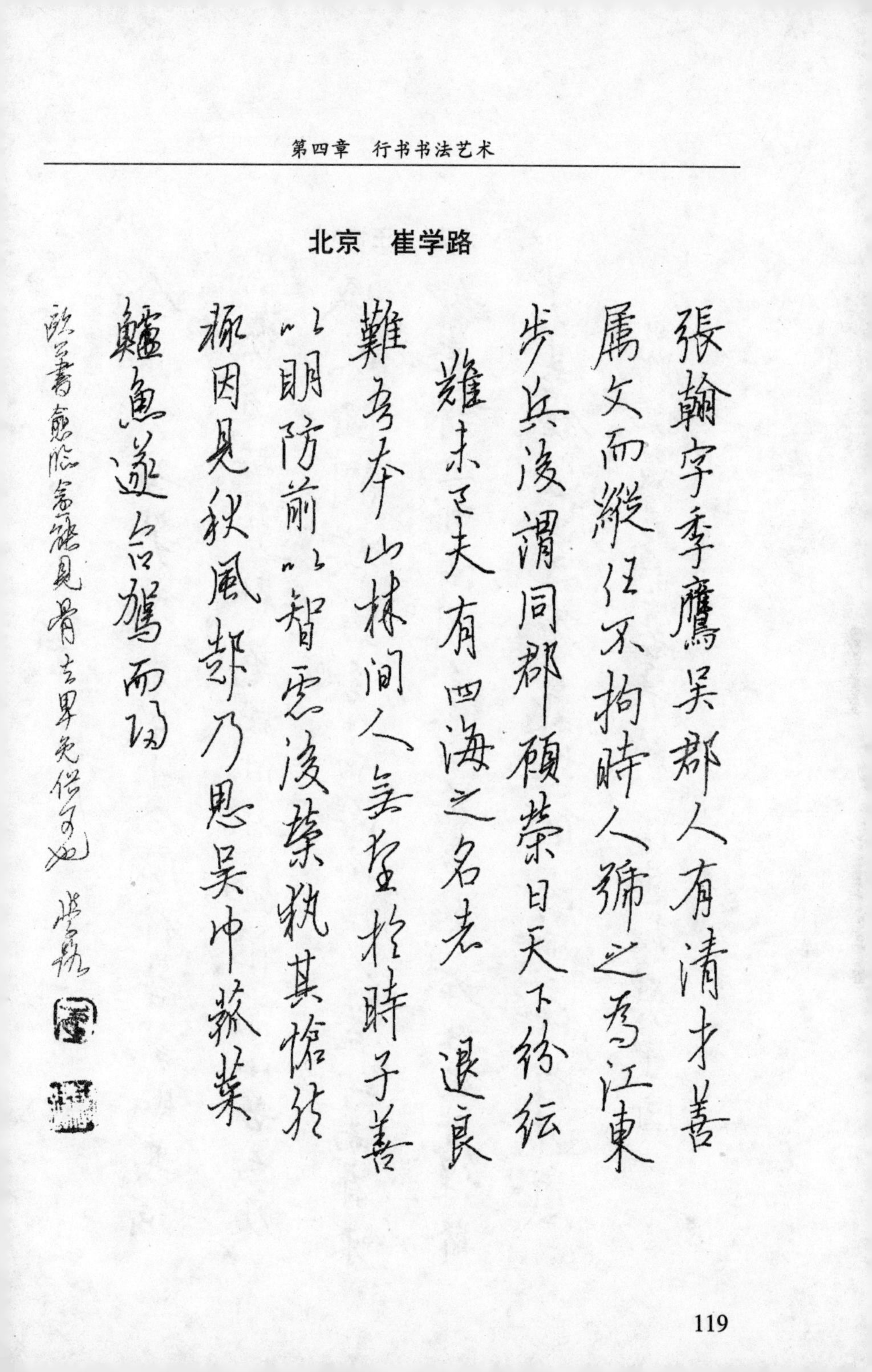

北京　崔学路

張翰字季鷹吳郡人有清才善
屬文而縱任不拘時人號之為江東
步兵後謂同郡顧榮曰天下紛紜
難未已夫有四海之名者退良
難吾本山林間人無望於時子善
以明防前以智慮後榮執其愴然
翰因見秋風起乃思吳中菰菜
鱸魚遂命駕而歸

江苏　王惠松

余酷嗜苦笋諫者至十人戲作苦笋賦其詞
曰僰道苦笋冠冕兩川甘脆愜當小苦而及
成味溫潤稹密多啗而不疾人蓋苦而有味
如忠諫之可活國多而不害如舉士而皆得賢
是其鍾江山之秀氣故能深雨露而避風
節臨黄庭堅苦笋賦　王惠松硬筆

江苏　王惠松

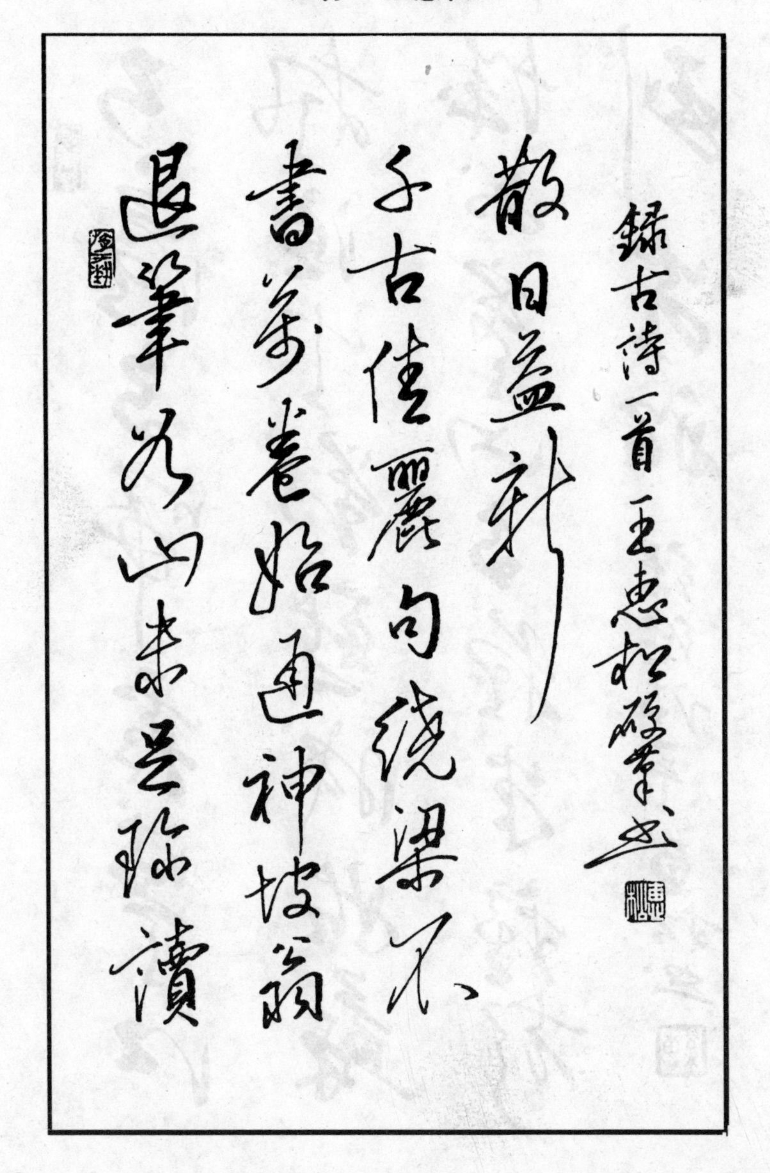

江苏　王惠松

月落乌啼霜满天江
枫渔火对愁眠姑苏
城外寒山寺夜半钟声
到客船

张继诗一首　惠松书

河北　齐玉新

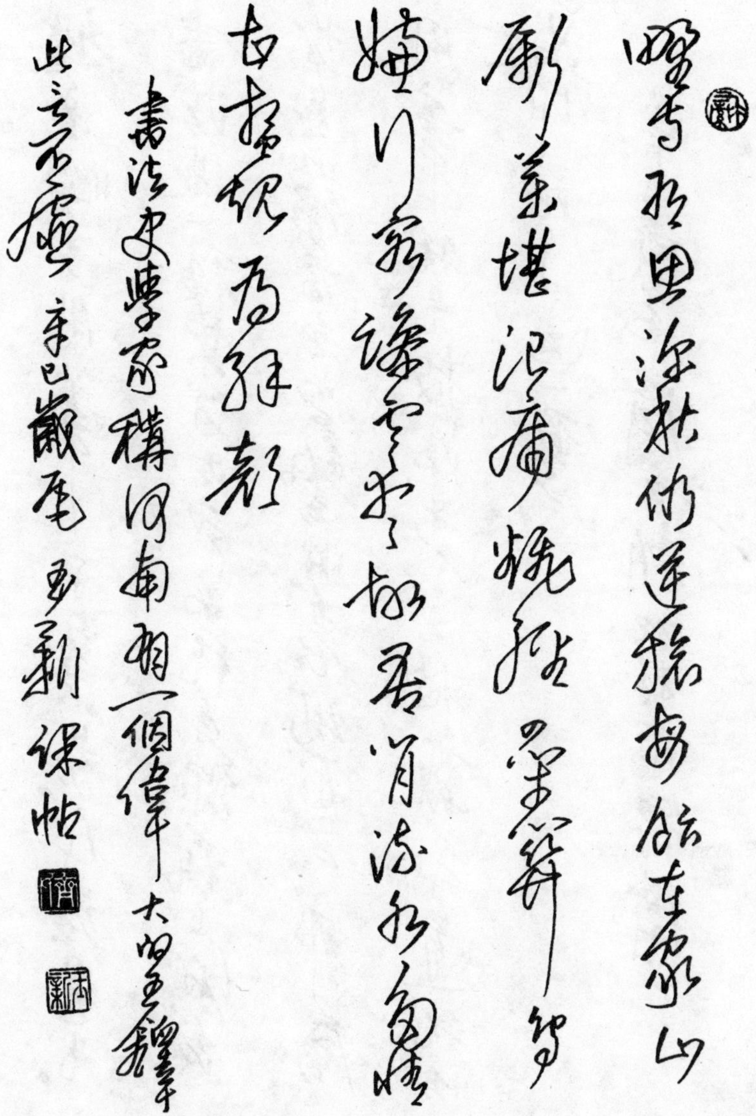

河北　齐玉新

趙孟頫云：用筆千古不易。此語甚是。書法是一種東方古老的傳統藝術，以點畫以線為主的藝術表現形式。那麼用筆就是技法。古人云：技載乎道，就恰好印証了這一點。

辛巳歲尾　齊玉新　記於求寧齋

河北　齐玉新

硬笔书法如果做为一种艺术形式而存在的话，我们须讲求笔法的变化，否则是和写字无甚区别的。大多数人往往不重视这一点。甚至不知该如何用笔。其实就是没有深入到传统中去。

辛巳岁尾　玉新书 [illegible]

浙江　许晓俊

今撰執使轉用之由以祛未悟謂深淺長短之類
是也使謂縱橫牽掣之類是也轉謂鉤鐶盤紆之
類是也用謂點畫向背之類是也方復會其數法
歸於一途編列衆工錯綜羣妙舉前賢之未及啓
後學於成規窺其根源析其枝派貫使文約理
贍跡顯心通披卷可明下筆無滯詭詞異說非所
詳焉然今之所陳務裨學者但右軍之書代多稱習
良可據為宗匠取立指歸豈唯會古通今亦乃情深
調合　書譜內錄　辛巳春許曉俊中行筆書於西泠印社

浙江　许晓俊

浙江　许晓俊

墨池書家任紛紛，參透書禪未易論。細取孫公書譜讀，方知渠是過來人。曾聞碧海掣鯨魚，神力蒼茫運太虛。間氣古今三鼎足，杜詩韓筆與顏書。天姿凌轢未須誇，集古終能自成家。一掃二王非妄語，祇緣釀蜜不留花。

論書絕句三首　辛巳大寒　許曉俊中行筆書

浙江　许晓俊

河南　蔚陆军

不知香积寺数里入云峰古木
无人径深山何处钟泉声
咽危石日色冷青松薄暮空
潭曲安禅制毒龙
王维诗[illegible]蔚陆军书

河南　蔚陆军

塞下秋来风景异，衡阳雁去无留意。四面边声连角起，千嶂里，长烟落日孤城闭。浊酒一杯家万里，燕然未勒归无计。羌管悠悠霜满地，人不寐，将军白发征夫泪。

范仲淹词一首　公暇硬书　蔚陆军

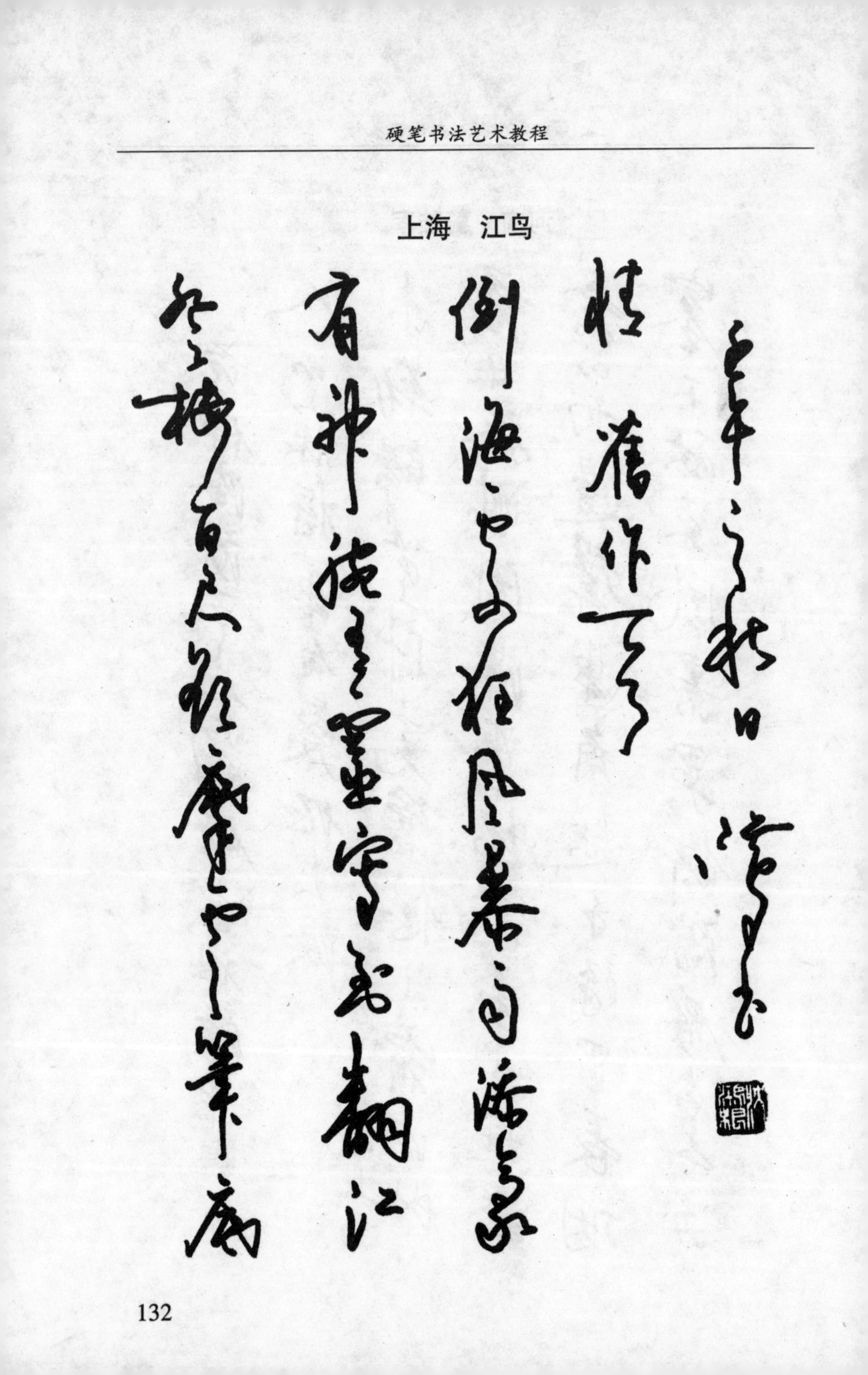

上海　江鸟

浙江　吴一桥

浙江　吴一桥

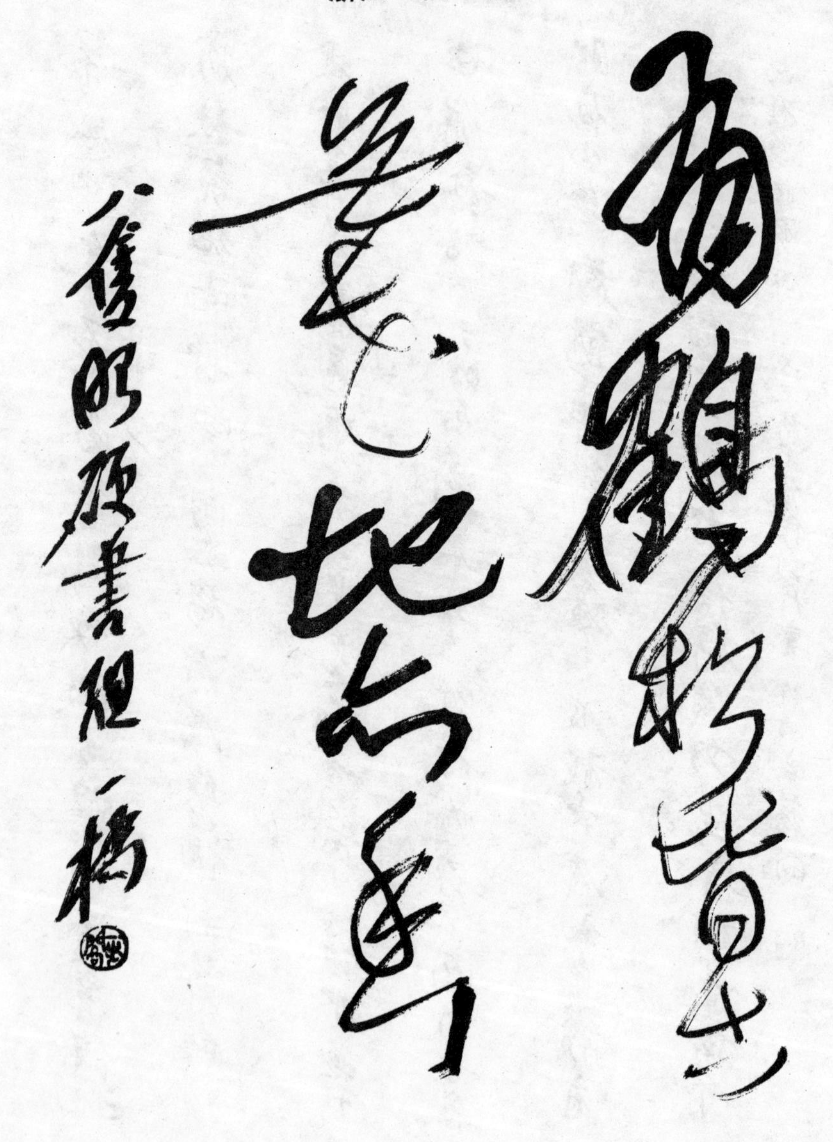

浙江　吴一桥

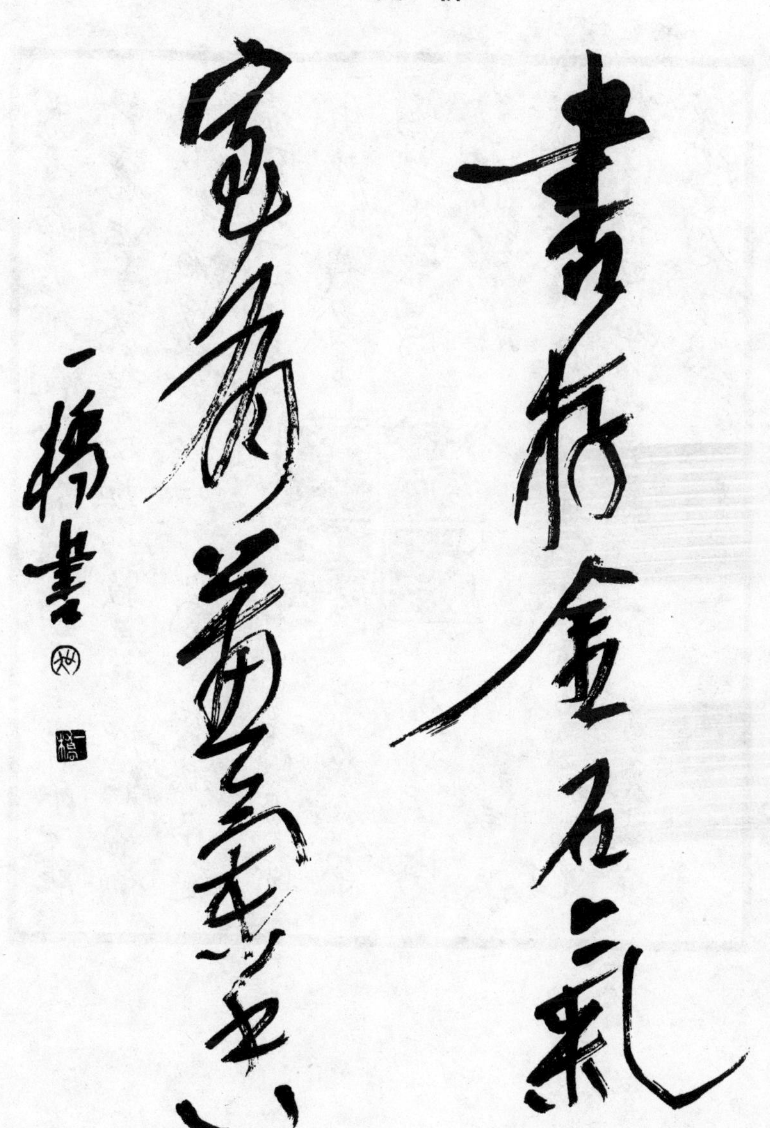

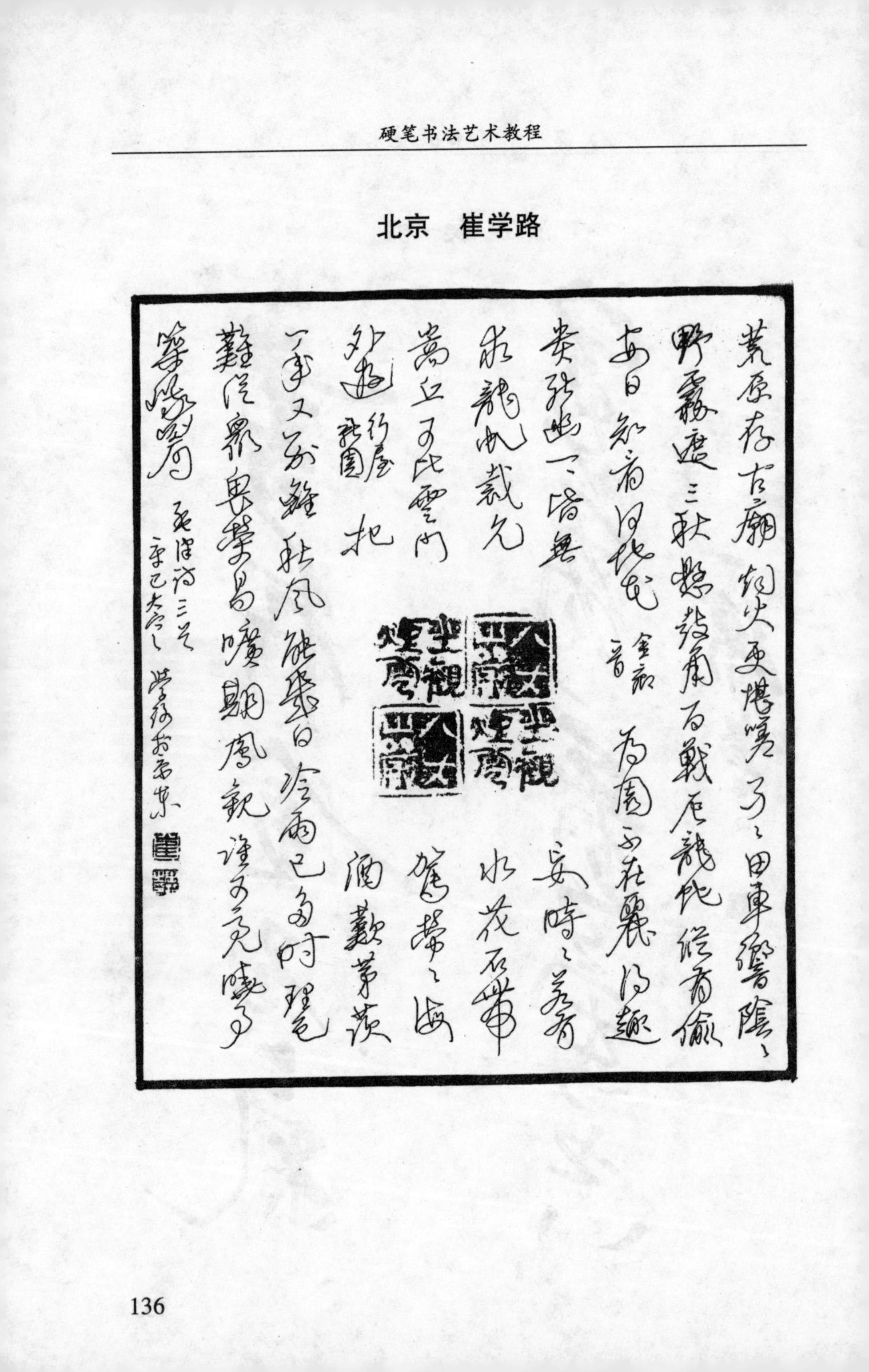

北京　崔学路

北京 崔学路

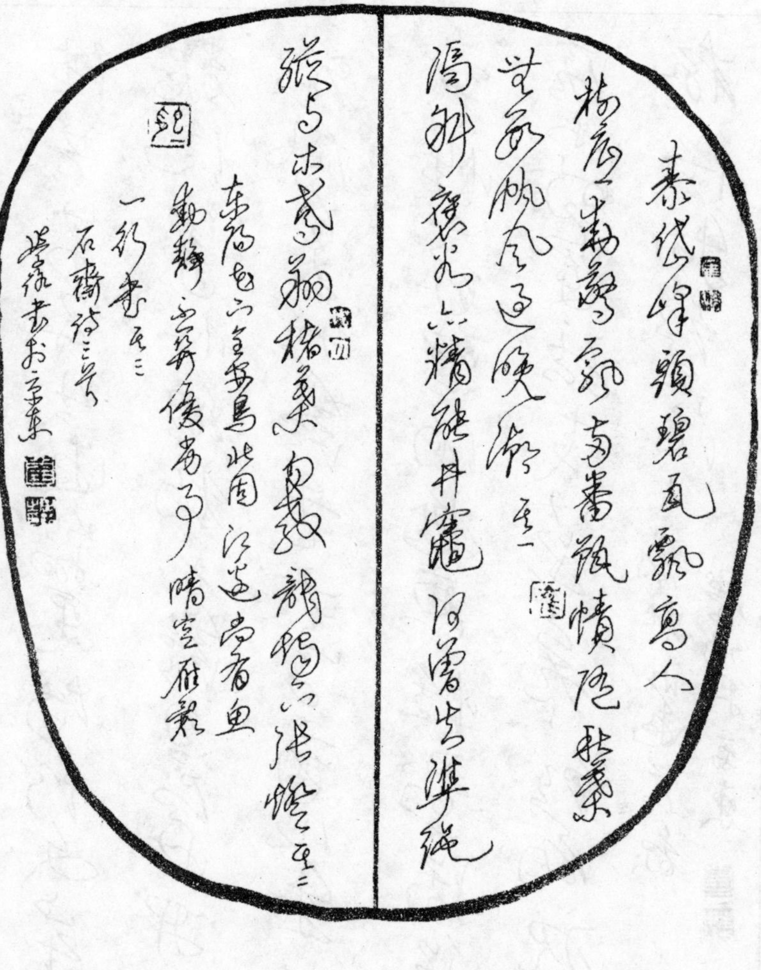

北京　崔学路

往昔十四五，出游翰墨场。斯文崔魏徒，以我似班扬。七龄思即壮，开口咏凤凰。九龄书大字，有作成一囊。性豪业嗜酒，嫉恶怀刚肠。脱略小时辈，结交皆老苍。饮酣视八极，俗物都茫茫。

书杜壮游节录

学路书于京东

第五章

隶书书法艺术

隶书又称八分、分书，是由篆书演变而来的一种书体，萌芽于战国时期，成型于秦朝，至汉朝大盛。班固在《汉书·艺文志》中说：『是时始造隶书矣，起于官狱多事，苟趋简易，施之于徒隶也。』一般认为隶书是由秦朝的程邈加工整理的。隶书的产生是我国文字史上的一次重大变革，使我国的文字从古文字阶段进入今文字阶段，字的形体、风格都发生了巨大变化，从而推动了书法的发展。

第一节　隶书笔画技法

学习隶书当以汉朝隶书为宗。汉朝隶书碑刻有百余种，但无一雷同，足见其风格变化之丰富。下面是隶书笔画的具体写法。

1. 长横　取平势，逆锋起笔，平缓行笔，下按后向右上挑。

2. 竖　圆起笔，圆收笔，宜正直沉稳。

3. 平点　隶书中有些上点保留篆书写法，写成横点。

4. 短点　隶书的点写法变化很大，有的长，有的短，有的平，有的竖，富于变化。

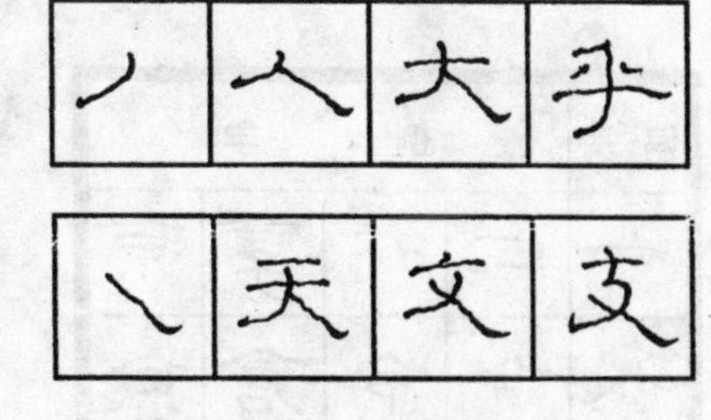

5. 左挑　隶书左下行笔画写成圆挑式，撇不出尖，有篆书的笔意。

6. 右波　右下行的笔画多重按后再挑出，形似雁尾。

7. 折波　隶书没有钩，左折写成左挑，右折写成右波。

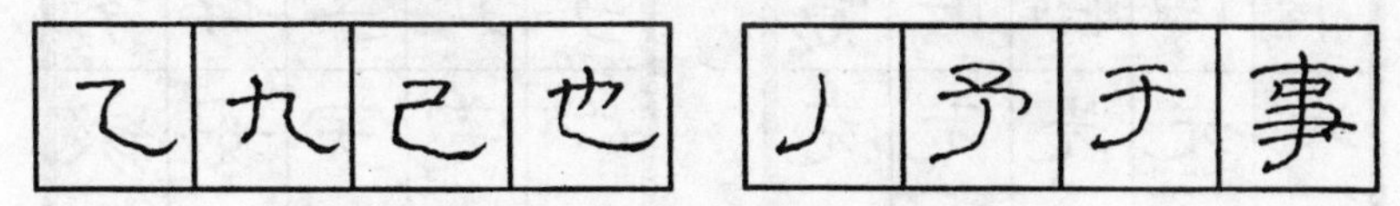

第二节　隶书偏旁技法

在一定程度上说，偏旁部首的写法规律和结构规律是相通的，因为它们都是如何把笔画组合起来的问题，所以读者在学习偏旁部首写法时要注意观察这个笔画从哪里起笔，它和其他笔画的相互位置、长短对比、粗细对比、弯直对比、收放对比，这样就能写好偏旁。为便于读者学习，我们把偏旁列成表，附上北京崔学路先生书写的例字，供读者临写。

偏旁	例		字	
亠	亡	亦	享	京
人	今	令	倉	僉
亻	伯	佑	作	億
儿	元	先	光	克
八	公	六	兵	典
刀	分	刊	初	刑
力	功	加	勤	動
十	升	半	南	博
又	及	友	叔	受
口	古	可	史	君
囗	四	國	圍	圖
土	在	地	垂	報
士	壬	壹	壺	壽
夕	外	多	夜	夢

偏旁	例		字	
大	奄	夷	奉	奧
女	好	姿	婦	嬴
子	孔	字	存	季
宀	宅	宇	安	家
寸	寺	射	尊	對
尸	尹	居	屋	屬
山	岐	岳	岱	崇
己	巳	巴	巷	巽
巾	市	希	帛	帝
干	平	年	幸	幹
广	府	康	廟	廬
弓	弘	弟	弱	張
彡	形	彭	彰	影
彳	往	後	徒	德

偏旁	例字			
心	忍	志	念	思
忄	性	恭	悦	情
戈	成	我	或	戴
手	承	抒	拜	掌
攵	收	政	故	教
斤	斧	斯	新	斷
方	於	旁	旅	族
日	明	易	春	晨
曰	更	書	曹	會
月	有	朔	服	朝
木	李	東	松	梁
欠	歙	歌	歎	歡
止	武	歲	歷	歸
水	永	求	沙	海

偏旁	例字			
火	焚	無	煌	營
牛	牟	物	特	犁
犬	狩	狼	猶	獨
王	珍	琴	瑩	璧
田	男	留	異	疇
疒	病	痺	療	癈
示	祀	神	祭	禁
禾	秋	秦	穆	穎
竹	笠	第	等	節
糸	紀	素	絶	縣
艸	芳	苞	荒	華
言	詔	詩	謁	謇
辶	近	迹	通	道
金	鉅	錢	鑒	鏡

第三节　隶书结构技法

孙过庭《书谱》云：“隶欲精而密”，意思是写隶书笔画要精，结构要紧密。具体说来，隶书结构有以下几个规律可以掌握。

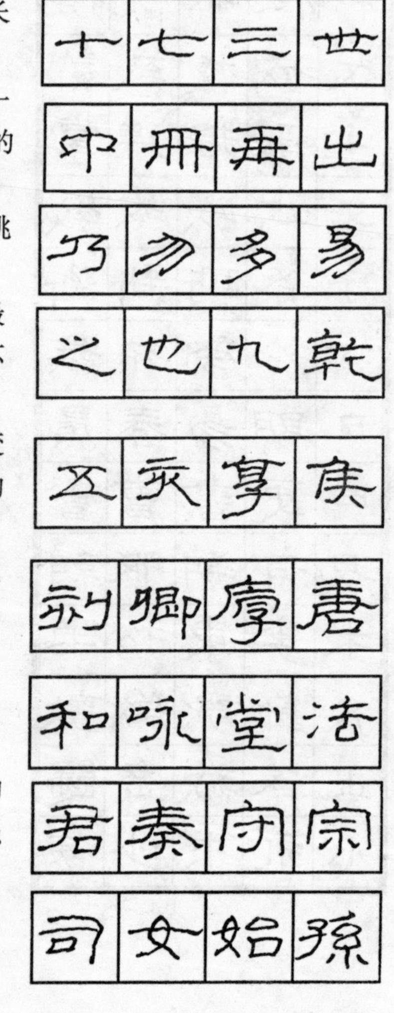

1. 横展　隶书一改篆书束长结构，横势尽展，纵势稍敛。

2. 竖敛　竖画多取收势，一般比横短。一字之中有多个竖画的话，取势各异，向背变化明显。

3. 斜纵　斜挑多伸展，多挑尤其明显，动感强烈。

4. 波放　波画是隶书中最长、最重的笔画，应该舒展，不能局促。

5. 篆意　隶书是从篆书演变而来的，所以保存了不少篆书的特征，显得古朴凝重。

6. 密叠　横画多的字，横之间的距离要紧密，有厚重的感觉。

7. 疏白　隶书的结构比篆书更多错落、疏空之美。

8. 方峻　隶书对篆书最大的革命就是由圆转变为方峻，增强了阳刚之气。

9. 圆融　隶书还有篆书笔意，阳中有阴，刚中含柔，对比明显，变化丰富。

10. 繁实　有的字笔画繁多，其结构要沉稳厚实，有如重鼎。

11. 简括　笔画少的字结构要简约空灵。比如“在”字省略一竖，“善”字省略一横两点等。

12. 萦长　有些字的左右对称的笔画写得比较长，左右对称，有如萦带飞舞，有翩翩之意。

13. 截短　同样的笔画在不同的字中有不同的写法，“尚”、“商”、“崇”、“物”等字的竖就写得很短，有的甚至变为点，这样变化丰富，饶有趣味。

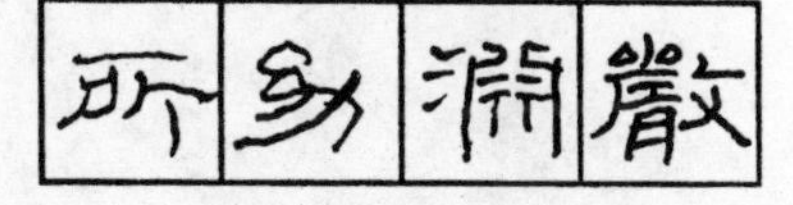

14. 移位　“所”字之横以一当二，“幼”字由左右结构变为上下结构，“渊”字的三个点上移，“岩”字的反文旁放到右边，都是为了取得错综之美。

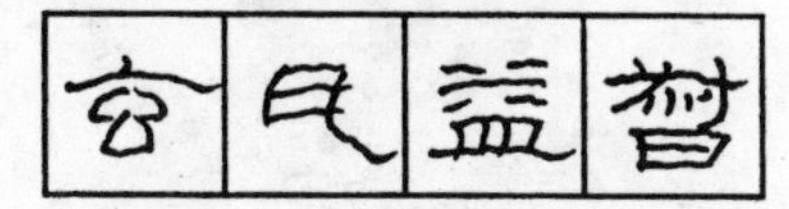

15. 古异　“玄”字的圆匀，“瓦”字的疏密，“益”字的点平，“督”字的点密，都构成了结构上的强烈的对比。

16. 奇奥　有的字保留的篆书笔意比较多，显得深奥奇妙。

隶书书法艺术欣赏

汉　《曹全碑》

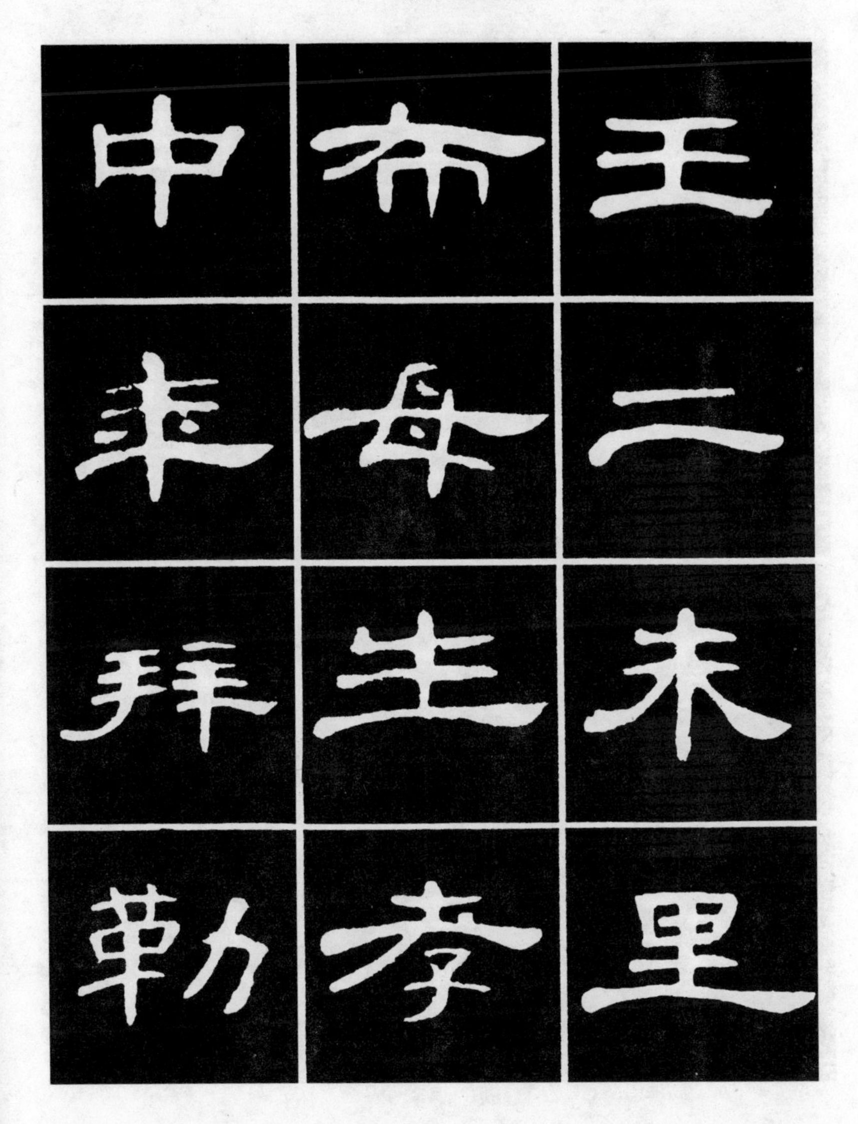

汉《曹全碑》

汉　《曹全碑》

汉　《曹全碑》

子 烈 石

存 殊 曰

孝 殘 門

孫 列 而

汉 《曹全碑》

宗	光	据
巴	既	扶
也	親	拔
起	竟	討

汉 《礼器碑》

族之親禮所
宜異復顏氏
并官氏邑中
繇發尊孔心
念聖歷世禮
樂陵遲秦項

糧亡于沙丘
君於是造立
禮器樂之音
符鍾磬瑟鼓
雷洗觴觚爵
鹿柤梪籩柉

汉 《礼器碑》

禁壺脩飾宅
廟更作二輿
朝車威熹宣
抒玄汙以注
水流法舊不
煩備而不奢
儀於是四方
士仁聞君風
燿敬咏其悳
尊琦大人之
意逴彌之思
乃共立表石

汉　《礼器碑》

汉　《礼器碑》

北京　崔学路

城闕輔三秦風煙望五津與君離别意同是宦游人海内存知己天涯若比鄰無爲在歧路兒女共沾巾

王勃送杜少府之任蜀川

前不見古人後不見來者念天地之悠:獨愴然而涕下

陳子昂登幽州臺歌

秦時明月漢時關萬里長征人未還但使龍城飛將在不教胡馬度陰山

王昌齡出塞二首其一

北京　崔学路

空山新雨後天氣晚来秋明月松間照清
泉石上流竹喧歸浣女蓮動下漁舟隨意
春芳歇王孫自可留

王維山居秋暝

日照香爐生紫煙遙看瀑布掛前川飛流
直下三千尺疑是銀河落九天

李白望廬山瀑布

岱宗夫如何齊魯青未了造化鍾神秀陰
陽割昏曉蕩胸生層雲決眦入歸鳥會當
凌絕頂一覽衆山小

北京 崔学路

杜甫望嶽

月落烏啼霜滿天江楓漁火對愁眠姑蘇
城外寒山寺夜半鐘聲到客船
張繼楓橋夜泊

黑雲壓城城欲摧甲光向日金鱗開角聲
滿天秋色裏塞上燕脂凝夜紫半卷紅旗
臨易水霜重鼓寒聲不起報君黃金臺上
意提攜玉龍為君死
李賀雁門太守行
唐詩八首學路於京東

河北　寇学臣

大江東去浪淘盡千古風流人物故
壘西邊人道是三國周郎赤壁乱石
穿空驚濤拍岸捲起千堆雪江山如
畫一時多少豪傑遙想公瑾當年小
喬初嫁了雄姿英發羽扇綸巾談笑
間檣櫓灰飛煙滅故國神遊多情應
笑我早生華髮人生如夢一樽還酹
江月

蘇東坡詞赤壁懷古　辛巳年秋月　學臣書

河北　寇学臣

遲日江山麗，春風花草香。
泥融飛燕子，沙暖睡鴛鴦。

杜甫絕句一首　辛巳歲末立春　學臣書

楚塞三湘接，荊門九派通。
江流天地外，山色有無中。
郡邑浮前浦，波瀾動遠空。
襄陽好風日，留醉與山翁。

王維詩漢江臨泛　辛巳年秋月　學臣書

河北 寇学臣

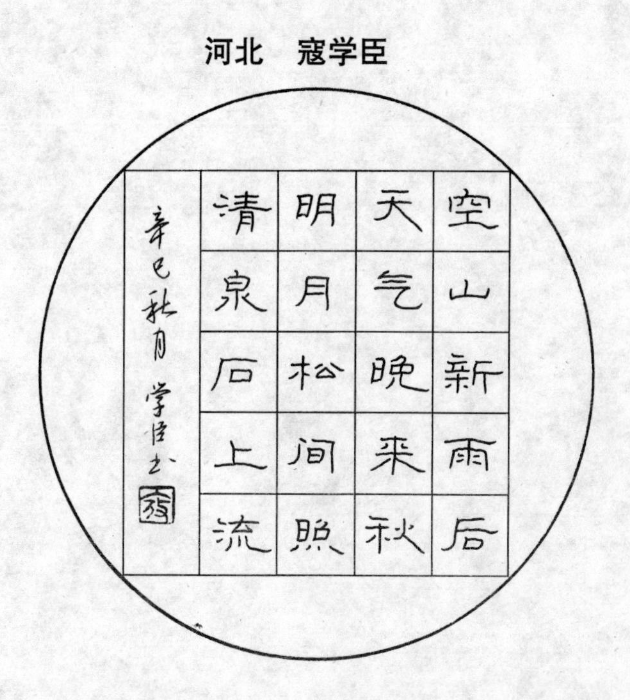

空山新雨后
天气晚来秋
明月松间照
清泉石上流
辛巳秋月 学臣书

常恨言語淺
不如人意深
今朝兩相視
脉脉萬重心
何處秋風至
蕭蕭送雁群
朝来入庭樹
孤客最先聞
劉禹錫詩二首 學臣書

第六章

篆书书法艺术

篆书是我国最古老的字体，有大篆和小篆之分。秦始皇统一中国之前的所有文字统称大篆，包括甲骨文、金文、籀文、石鼓文。秦始皇统一中国之后经过加工整理的篆书为小篆，又称『玉箸篆』、『铁线篆』。小篆是篆书发展至高峰期的标准体，它用笔圆润流畅，笔画均匀，结构修长挺拔，富有装饰之美。

怎样学习篆书

学写小篆，首先要识篆，就是要学习古文字知识。东汉许慎所著《说文解字》和清代段玉裁《说文解字注》都是必备的工具书。小篆碑帖有秦朝的《泰山刻石》、《峄山刻石》、《琅琊台刻石》以及清代的邓石如、杨沂孙、赵之谦、吴昌硕和近代的王福庵的作品。

在具体书写时，可以从以下几个方面入手。

一、运笔

小篆的笔法是笔笔中锋，用硬笔写很容易做到。小篆的笔画只有直画和弯画两种，写直画时注意运笔要稳，同时要有一定的动感。写弯画时注意转折处要圆转流畅。初学篆书要掌握其笔顺，下面我们附一个图来讲解一些笔画和偏旁的书写顺序。

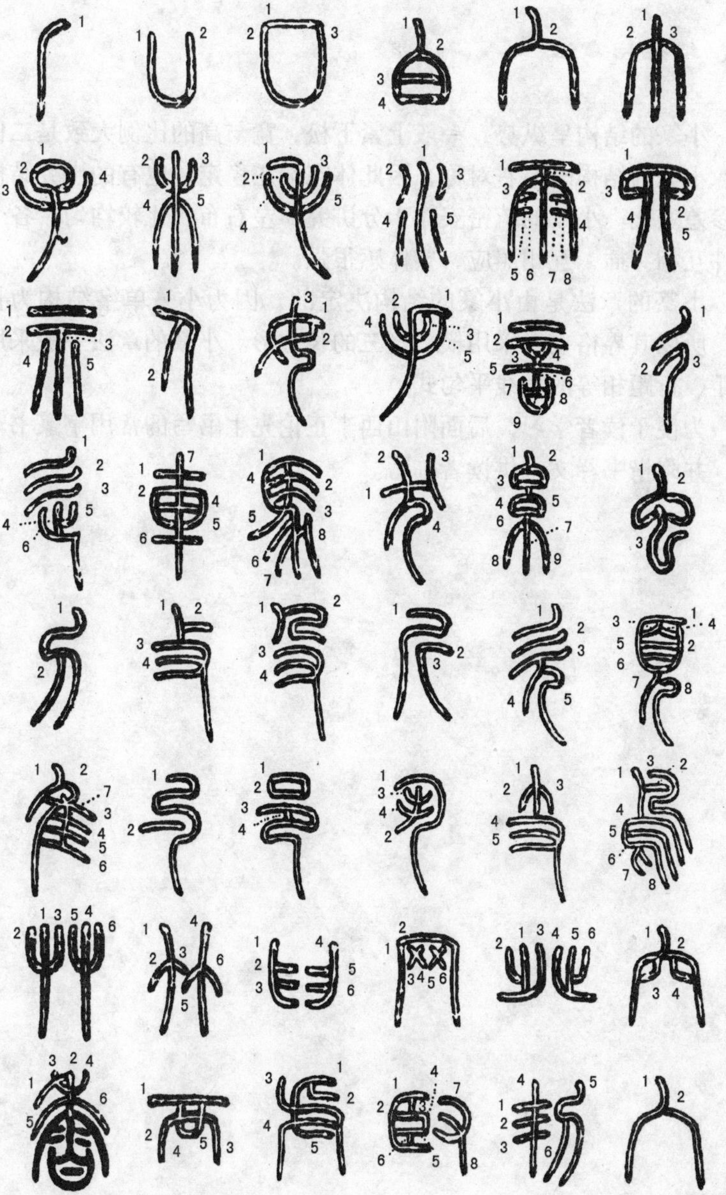

二、结构与章法

小篆的结构呈纵势，一般上紧下松，宽与高的比例大致是二比三。小篆的结构多左右对称，因此体态端庄稳定，也有的讲究结构的参差变化。小篆的疏密安排十分讲究，左右布白比较均匀，各个部件互相穿插，互相照应，整体感很强。

小篆的章法是由小篆的结构决定的，因为小篆单字结构为长形，所以其界格也多采用横二竖三的长方形。小篆的章法一般采用字距、行距相等的直线平匀式。

为便于读者学习，后面附山西李正伦先生书写的常用字篆书写法，并附楷书释文，供读者临写。

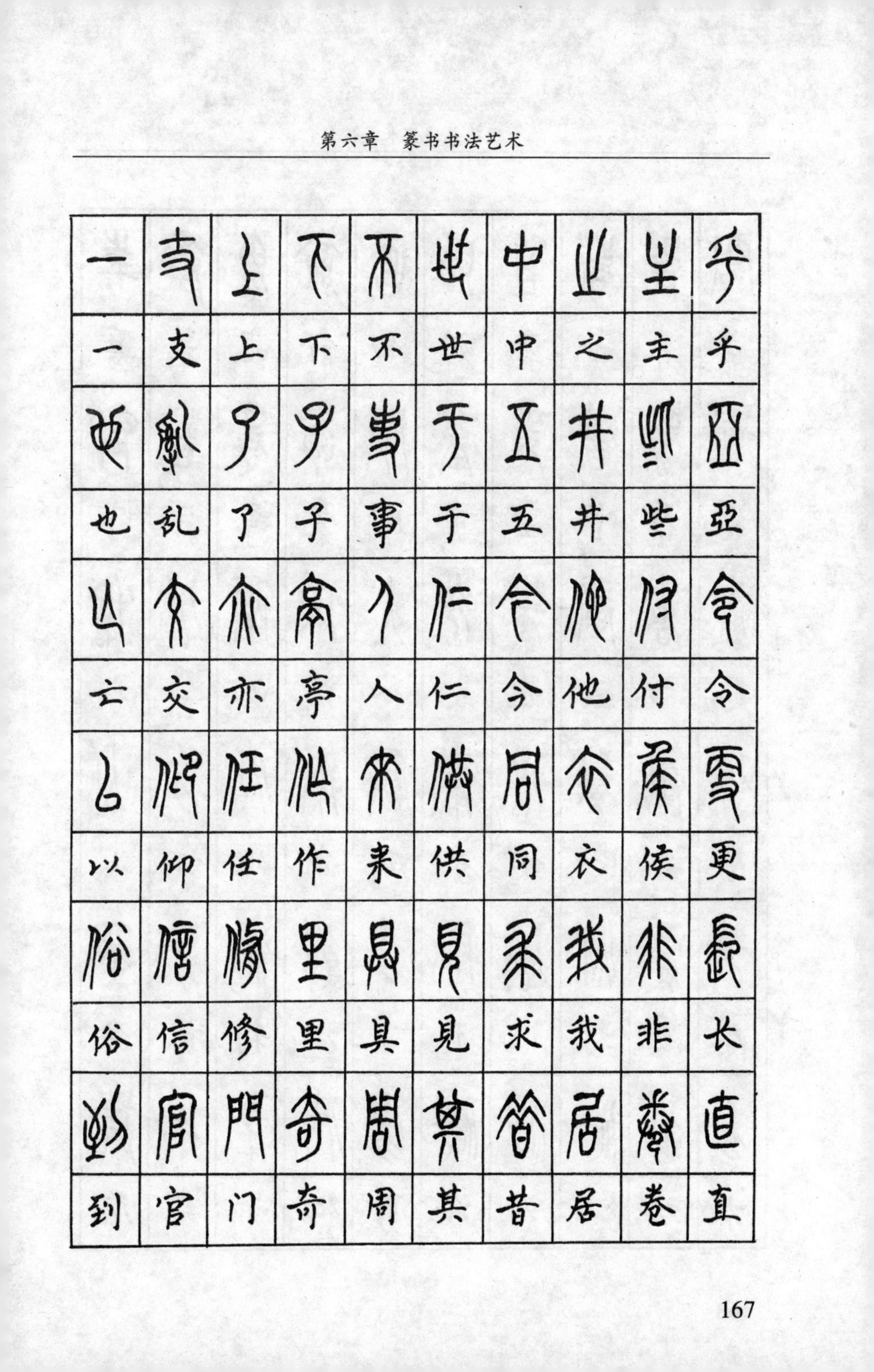

一	支	上	下	不	世	中	之	主	乎
也	乱	了	子	事	于	五	井	些	亞
亡	交	亦	亭	人	仁	今	他	付	令
以	仰	任	作	来	供	同	衣	侯	更
俗	信	修	里	具	見	求	我	非	长
到	官	门	奇	周	其	昔	居	卷	直

空	青	若	皆	则	面	俞	鬼	差	喜
贵	为	曾	童	重	间	爱	意	会	齐
尽	书	画	先	光	入	内	两	公	六
分	兵	冬	水	东	西	南	北	方	山
春	夏	秋	风	雨	刀	初	利	前	坐
力	功	江	河	海	勇	化	千	半	危

左 右 后 红 黄 兰 竹 松 梅 万
百 去 又 友 有 反 及 受 取 口
句 只 可 古 各 名 君 吴 品 言
唐 善 啼 固 国 在 地 城 堂 增
堆 坚 笔 墨 纸 砚 寿 夕 外 多
夜 梦 少 大 小 天 失 奔 女 好

如	始	姿	娇	孔	字	孤	孫	学	宇
守	安	室	客	家	寒	写	寸	寺	封
将	对	屈	峯	出	崖	川	州	己	巾
布	帝	师	席	带	常	平	年	并	底
府	度	庭	康	建	弓	引	影	往	待
得	德	复	心	必	志	怕	性	思	情

惜	愁	憂	成	或	户	所	斤	新	断
於	族	旋	旌	旗	既	手	承	把	披
指	挨	提	换	摇	无	政	放	故	教
敌	散	敬	数	文	武	日	月	明	星
是	时	晚	景	望	朝	欲	欢	此	步
毛	朱	李	村	林	树	老	莫	泉	法

满	滔	游	深	渊	浮	涌	消	清	浪
汉	渔	火	烟	然	照	者	牛	物	犬
燭	玉	生	用	異	留	疾	的	皇	盘
看	真	知	石	硬	神	福	秀	秦	積
答	纷	美	羽	翰	而	聖	声	腰	臨
与	舟	落	谈	负	走	阳	道	云	马

篆书书法艺术欣赏

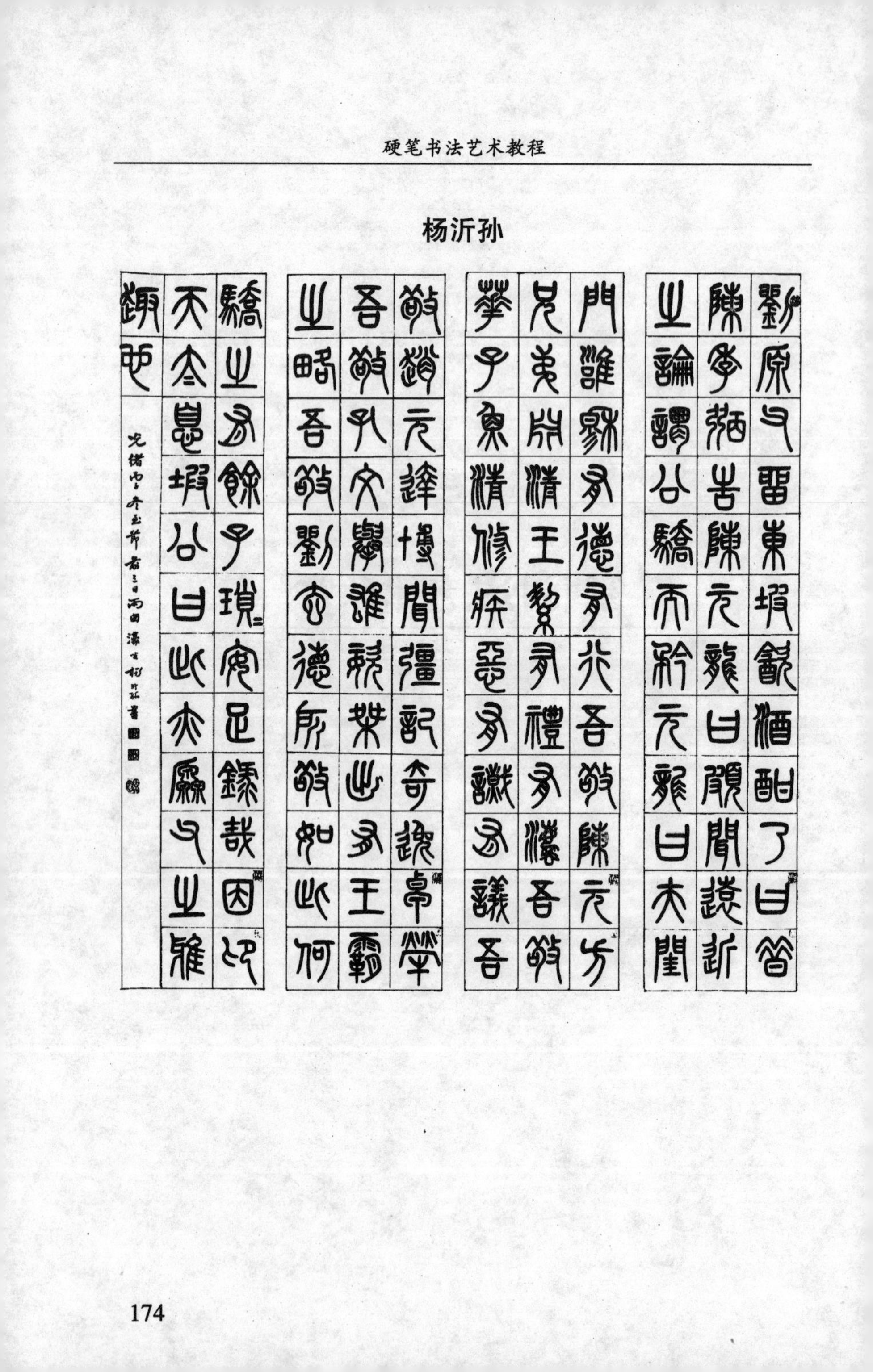

杨沂孙

赵之谦

邓石如

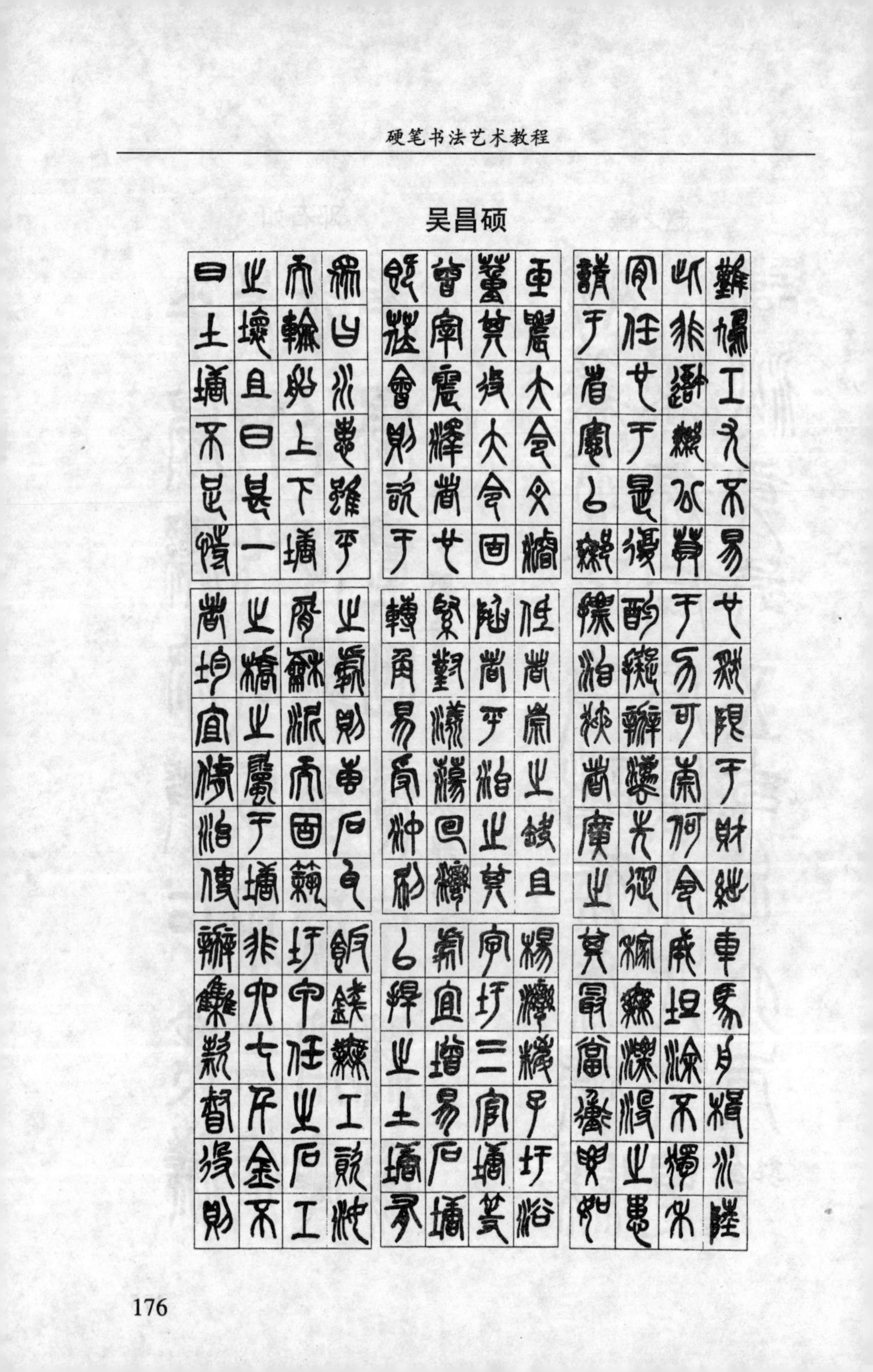

吴昌硕

山西　李正伦

空山新雨後天氣晚來秋
明月松間照清泉石上流
竹喧歸浣女蓮動下漁舟
隨意春芳歇王孫自可留

唐王维诗山居秋暝 空山新雨后天气晚来秋明月松间照清泉石上流竹喧归浣女莲动下渔舟随意春芳歇王孙自可留 时值[illegible]于并州[illegible]正伦

山西　李正伦

北国风光千里冰封万里
雪飘望长城内外惟余莽
莽大河上下顿失滔滔山
舞银蛇原驰蜡象欲与天
公试比高须晴日看红装
素裹分外妖娆江山如此
多娇引无数英雄竞折腰
惜秦皇汉武略输文采唐
宗宋祖稍逊风骚一代天
骄成吉思汗只识弯弓射
大雕俱往矣数风流人物
还看今朝

毛泽东词沁园春雪　正伦

山西　李正伦

山西　李正伦

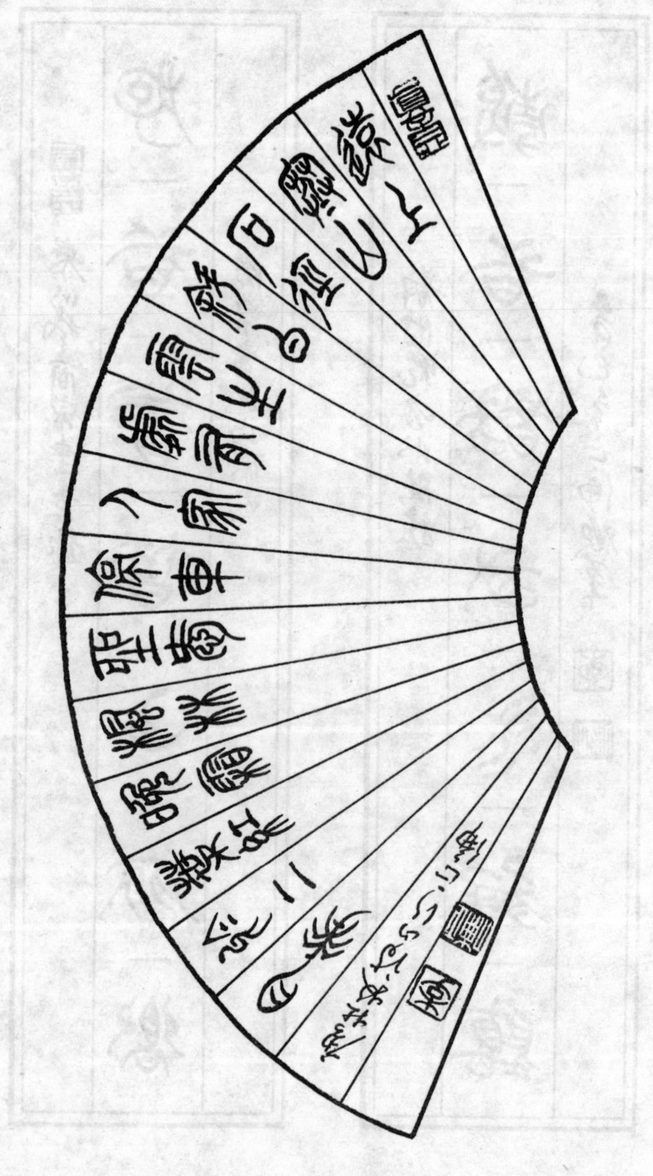

甘肃 秋子

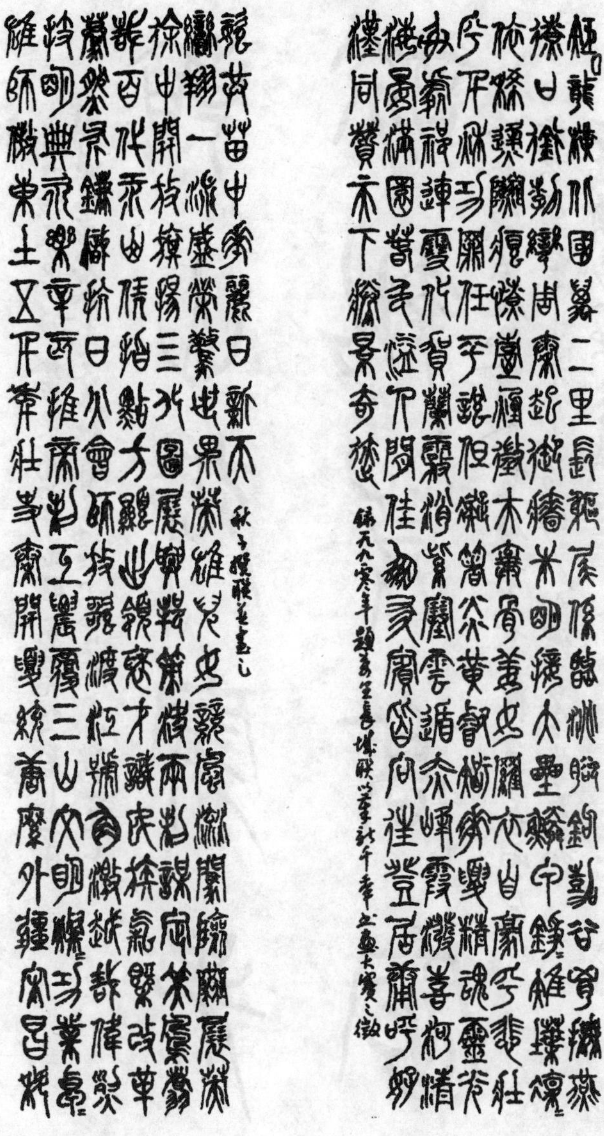

[illegible]龍[illegible]外國[illegible]二里長[illegible][illegible][illegible][illegible][illegible][illegible][illegible][illegible][illegible][illegible][illegible]

[illegible]日[illegible][illegible]周[illegible][illegible][illegible][illegible]米[illegible][illegible]大[illegible][illegible]中[illegible]維[illegible][illegible]

[illegible][illegible][illegible][illegible][illegible][illegible][illegible][illegible][illegible]木[illegible][illegible][illegible][illegible][illegible]山[illegible][illegible][illegible][illegible]

[illegible][illegible][illegible][illegible][illegible]任[illegible][illegible][illegible][illegible][illegible][illegible][illegible]黄[illegible][illegible][illegible][illegible]精魂[illegible][illegible]

[illegible][illegible][illegible][illegible][illegible][illegible][illegible][illegible][illegible][illegible][illegible][illegible][illegible]雲[illegible][illegible][illegible]霞[illegible]喜[illegible]精

[illegible][illegible][illegible][illegible][illegible][illegible][illegible][illegible][illegible]佳[illegible][illegible][illegible][illegible][illegible][illegible][illegible][illegible][illegible][illegible][illegible]

[illegible][illegible][illegible]天下[illegible][illegible]奇[illegible]

[illegible]

[illegible][illegible]中秀[illegible]日新天[illegible][illegible][illegible][illegible]

[illegible][illegible]一[illegible][illegible][illegible]三[illegible][illegible][illegible]

[illegible][illegible][illegible][illegible][illegible][illegible][illegible][illegible][illegible][illegible]

[illegible]百代[illegible]山[illegible][illegible][illegible][illegible][illegible][illegible]

[illegible][illegible][illegible][illegible][illegible][illegible]日[illegible][illegible][illegible][illegible]三山[illegible]

[illegible][illegible]典[illegible][illegible][illegible][illegible][illegible][illegible][illegible][illegible][illegible][illegible]

[illegible][illegible][illegible][illegible]土[illegible][illegible][illegible][illegible][illegible][illegible][illegible]外[illegible][illegible][illegible]

甘肃　秋子

看山張家界
讀藝莫高窟

釋文
看山張家界　讀藝莫高窟　是聯上書一九九八年十一月
時遊張家界風光感觸頗深讚不絕口遂占此聯以記之

法春秋石鼓銘鑒清人吳昌碩筆意並摻篆意而為之
歲次己卯年寒月書於黃河之濱古金城寓所
筆耕齋主人秋子並識

河北　陈卫疆

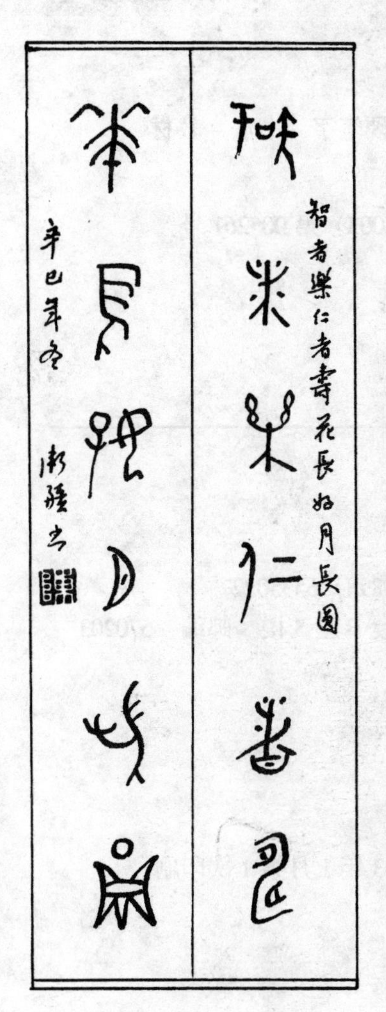

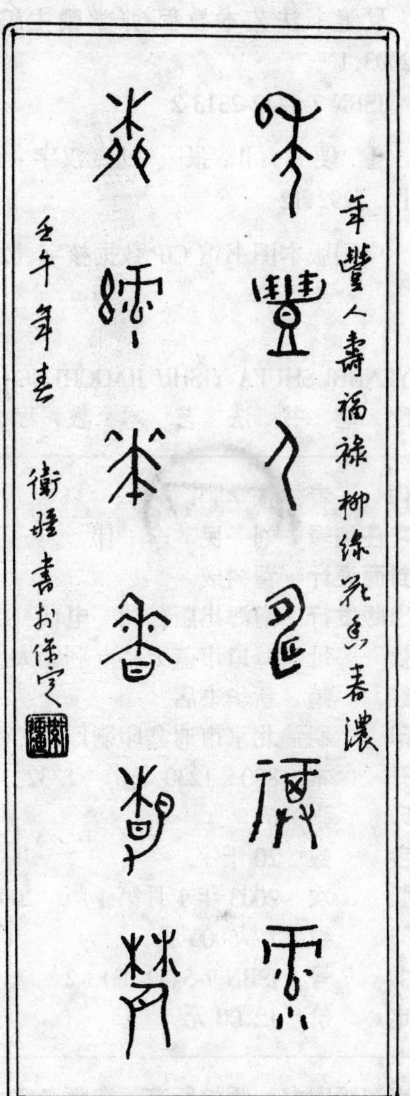

图书在版编目（CIP）数据

硬笔书法艺术教程/张学鹏主编．－海口：南海出版公司，2003.1

ISBN 7-5442-2313-2

Ⅰ.硬…　Ⅱ.张…　Ⅲ.汉字－硬笔字－书法－教材
Ⅳ.J292.12

中国版本图书馆CIP数据核字（2003）第005261号

YENGBI SHUFA YISHU JIAOCHENG

硬　笔　书　法　艺　术　教　程

作　　者　张学鹏
责任编辑　刘一民　李　伟
封面设计　翟树成
出版发行　南海出版公司　电话（0898）65350227
社　　址　海口市蓝天路友利园大厦B座3楼　邮编　570203
经　　销　新华书店
印　　刷　北京市迪鑫印刷厂
开　　本　880×1230毫米　1/32
印　　张　6
字　　数　20千字
版　　次　2003年1月第1版　2003年1月第1次印刷
印　　数　1~5000册
书　　号　ISBN 7-5442-2313-2
定　　价　12.00元
